AMANECERÁ
SALVADOR LUIS

ELEKTRIK GENERATION

AMANECERÁ

ISBN-13: 978-0-578-96489-8

Imagen de cubierta: Ryger vía Shutterstock.com + Alberto Bianchini vía Unsplash.com

Impreso en los Estados Unidos / Printed in the United States

Todo le es ajeno en aquella casa, a excepción de la ausencia. La ausencia es tan importante que podría renunciar a todo lo que hace tolerable su vida —aunque no sea tolerable— con tal de no ausentarse de la ausencia.

GIORGIO MANGANELLI

Los eventos más significativos de esta historia tuvieron lugar pocos días después de que cumpliera once años, cuando aún vivía en casa del profesor Richard S. Howarth, diseñador del Planetólogo, el hombre que juzgó sensato darme vida en la turbidez de un bosque acadiano del estado de Vermont. Las memorias parecen ahora vegetar en mi cerebro cubiertas por una gasa larga y apagada, los instantes se siguen los unos a los otros, sin embargo, puedo asegurarles que estuve bajo la vigilancia y los cuidados persistentes de Alyona Morozova, una auxiliar de enfermería moscovita que papá me asignó cuando fue irrebatible que la señora Cynthia Peterson, también convaleciente y profundamente distanciada de la realidad, no podría dedicarse un solo día más a mi guardería. Confirmo, al mismo tiempo, que mi primo por línea paterna, Jason Gurley-Howarth, no fue una invención de la casa en la que pasé la niñez, sino una persona de carne y hueso, y que tengo la sospecha de que aún reside en algún lugar de los Estados Unidos de América —muy probablemente en la costa norte de California—, puesto que en el verano de 1989, cuando mi cuerpo ya había dejado de respirar y de latir, sostuve en mis manos una postal suya sellada en el condado de Mendocino. El cómo pude leerla estando muerto es ahora un acto intrascendente, un mero alegato de la fantasía. Lo único que debe importarles es que mi primo Jason es una persona real. Del mismo modo que es real la conspiración organizada por mi padre para acabar con la democracia de la república estadounidense y el Proyecto de Solución Final de la Cuestión Humana: PSFCH.

A veces resulta difícil afirmar que lo que narro fue en verdad una experiencia auténtica, o si, por el contrario, floreció bajo la tutela de las pastillas que me obligaba a ingerir la señorita Morozova. Me temo que toda mi historia podría ser el resultado de un accesorio nemónico creado para salvarme a mí mismo, parte de una construcción confusa que interviene por momentos y que luego repliega sus tropas para evitar ser desenmascarada; una composición de cascajos a nivel subatómico que se erige día a día por puro instinto de supervivencia, como si se tratase de una clara objeción al efecto dañino de las ondas emitidas por la antena de comunicaciones que operaban desde el Planetólogo los asistentes de mi atormentador. Debo decir, sin embargo, que mi primo Jason Gurley-Howarth es una persona real, una criatura de carne y hueso, y no una invención sombría de la casa en la que pasé los años de infancia. Tengo la sospecha plena de que Jason vive aún en la costa norte del estado de California, ya que en 1989 recibí una postal suya adelantándose una semana al día de mi cumpleaños. La imagen impresa sobre la cartulina blanca, lo recuerdo bien, era la del faro que todavía guía hoy a los navegantes en las inmediaciones de Point Cabrillo. Mi cuerpo ya no respiraba ni latía cuando la postal de Jason llegó a mis manos, pero en ese momento su letra esmerada me pareció inconfundible. Mi primo, el mensaje que me envió por correo acredita parcialmente parte de mi historia, no fue una estratagema fantasmal de la casa ni tampoco un holograma proyectado desde la sala de mando del Planetólogo.

Decir que nunca he existido, sin duda, es una declaración antivital, y sin embargo sé que mi vida no fue concebida del mismo modo que la de un bisonte estepario, un animal que concluyó su ciclo en la Tierra obedeciendo a los dictámenes fúnebres de la naturaleza y de la última glaciación. Ciertamente soy muy distinto a esas criaturas extintas. Soy una irregularidad molecular y zootómica. El hijo de un genio de la ciencia que, embelesado por su propia brillantez, quiso acabar con la democracia histórica de esta nación continental. El vástago de un inventor iridiscente. Todos los eventos importantes que narraré a continuación —incluso las imperfecciones acomodaticias que no sucedieron ni antes ni posteriormente— tuvieron lugar pocos días después de que cumpliera once años. Puedo asegurarles, gracias a los recuerdos de mis piernas llagadas y a la impotencia constante de mi cuerpo durante esa época, que los cuidados de la señorita Alyona Morozova fueron escrupulosos y persistentes, al igual que fue persistente su pasión por la habitación de los deseos del señor Tarkovski. Recuerdo una pastilla roja y el chirrido de una silla de ruedas. Recuerdo, también, que Adora Goliath asumió la presidencia de los Estados Unidos un 13 de septiembre de 1987.

No sabría decirles dónde terminaba la casa de mi infancia y dónde empezaba el Planetólogo. Con el tiempo, ambos espacios sufrieron una fusión irreversible, merecedora sin duda de un cuento de terror y una amplia exégesis. Ahora pienso que papá planeó aquel derretimiento sutil desde un inicio, absorto como estaba en la tarea de cambiar los patrones de la cotidianidad y de sentirse por siempre inmarcesible, propietario eterno de sus inferiores. Al principio —si la memoria no me falla—, la casa colindaba con un monte espeso y miraba hacia una laguna mortecina de muy poca profundidad. La señora Cynthia Peterson nos llevó a Jason y a mí hasta sus límites muchas veces, buscando que aprendiéramos a valorar los parpadeos de aquel ecosistema en decaimiento, la vida moribunda que persistía en sus aguas. Posteriormente, con los primeros brotes de mi malestar, empezaron los trabajos de transformación: el vaciado de la tierra de nuestro jardín para cimentar una especie de fuerte subterráneo que pronto se convertiría en la sala de control del Planetólogo; el levantamiento, poco después, de un domo geodésico en la cima del monte vecino; y la construcción apresurada de una plataforma metálica —anexada a un pequeño hemiciclo— sobre el territorio que ocupaba la laguna marchita. Lo cierto es que tras renunciar a la dirección de conceptos especiales de Deep Linkage y vender sus valores en la compañía, mi padre realizó aquel sueño excesivo y germinal, y también, supongo (no puedo darme ya el lujo de caer en la ingenuidad que me apresaba cuando era más joven), provocó la desaparición en Lucerna de uno de sus rivales. El Proyecto de Solución Final de la Cuestión Humana siempre había morado en su mente, siempre lo había fascinado, pero maduró y espumó de forma desmedida el día que, hartos de él y de su individualismo, sus colegas en los laboratorios de Deep Linkage dejaron de valorar aquellos experimentos de vanguardia en los campos de la nanotecnología y la miniaturización hipotética.

Los seres inferiores que burlona y desmesuradamente lo llamaban «Dick» le hacían perder los estribos casi de inmediato. Era cierto que cualquier atadura o forma de divertimento de índole carnal significaba para mi padre una pérdida automática de energía biomuscular y concentración. El tosco trasfondo de aquel particular diminutivo, por ende, lo exacerbaba. Desde su punto de vista, el sexo no era más que un acto para criaturas de un coeficiente intelectual primitivo, atado a fanáticos de la satiriasis y a bandas de jóvenes asilvestrados, un grito primal que diluía las inteligencias lógico-matemática, espacial y lingüística. Se trataba de la defecación y el acabose hechos amalgama. De acuerdo con su cosmovisión insular y supremacista, la práctica del sexo equivalía a la pérdida de individualidad, y sin embargo mi atormentador deseaba generar una descendencia que lo preservase. Anhelaba, desde lo alto de la montaña, acompañado del bramido de una legión de truenos profanos y del envilecimiento de sus facciones, producir un suprahombre con quien compartir sus odas al desmembramiento del universo, alguien a quien traspasar la custodia y el poder metafísico y geopolítico de su inaudito Planetólogo. Así fue, ciertamente, como terminaría gestando mi vida. Para llevar a cabo el procedimiento alternativo de inseminación artificial, eligió a cinco mujeres nacidas en la región de Nueva Inglaterra. Todas ellas fallecieron en la mesa de operaciones al rechazar el suero de semen modificado. Todas fueron enterradas en bolsas de cadáveres en una fosa común de la que ya no es posible encontrar vestigios. Todas menos una; aquella mujer de Rhode Island que resucitó de súbito mientras los asistentes de mi padre apuraban el desecho de los úteros infértiles.

Las memorias se han dispersado y unificado a través del tiempo, pero creo recordar que cuando quería mofarse de él a sus espaldas, Jason solía decir que la voz de mi padre le hacía pensar en la de un personaje narcisista llamado Doctor Zero, el adversario de un justiciero espectral y todopoderoso oriundo de la televisión japonesa. Nunca supe si darle la razón o no cuando hacía esa referencia a la cultura de masas, pues en los Estados Unidos no difundían los capítulos de aquella serie, sin embargo, debo reconocer que la frecuencia con la que Jason lo aseveraba me causaba cierta curiosidad. Según el relato que me transmitió durante una de sus visitas, el Doctor Zero era un ciberorganismo adicto a la psicopatía, tenía cuatro órganos visuales afelinados, cada uno de un color distinto, y su mirada, además de despedir rayos desintegradores capaces de disolver la carne, parecía injuriar eternamente a los seres humanos. Jason también recordaba con nostalgia dos animes más: uno sobre la tripulación de un acorazado espacial que debía salvar nuestro mundo de una extinción radioactiva, y otro, el melodrama robotemático *Mazinger Z*, acerca de las heroicidades de un coloso de metal prácticamente indestructible. Este último, sin siquiera yo intuirlo en aquel momento, transformaría significativamente mi existencia tiempo después. Lo cierto es que a principios de 1971 la familia de mi primo se mudó de forma transitoria al Japón, acompañando a tía Fay mientras se doctoraba en literatura medieval en la Universidad de Keio. Aquella aventura asiática, decía papá cuando quería demostrar genuina crudeza ante Jason y su madre, simbolizó para él un despilfarro, tanto intelectual como académico, la insulsa gesta humanista de una mujer obsesionada con supuestos sociológicos y discursos de inclusión, una hermana menor que era incapaz de resolver los problemas matemáticos más simples, y que, por si fuera poco, había contraído matrimonio con un pacifista.

Si lo que afirma mi memoria es exacto, el profesor Howarth me extrajo del cuerpo de mamá en el año de 1975. Temo a veces que mi historia sea tan solo el resultado de un mecanismo nemónico creado para protegerme, parte de una construcción disociadora que interviene por momentos y que luego se repliega para evitar ser revelada; una composición de cascajos a nivel subatómico que se erige día a día por puro instinto de supervivencia, como si se tratase de una clara objeción al efecto dañino de las ondas emitidas por la antena de comunicaciones que los ayudantes de mi padre operaban desde la sala de control del Planetólogo. Me queda claro, sin embargo, que la pastilla roja me hacía delirar. Y que el compuesto verde agua, de dosificación semanal debido a sus efectos secundarios, me mantenía inhábil, haciendo de mí un tullido crédulo, un mocoso hundido en la ingenuidad y la idiotez. A pesar de todo, puedo asegurarles que estuve siempre bajo los cuidados de la señorita Alyona Morozova, la auxiliar de enfermería que mi atormentador designó para mí el día que un extraño gesto de la enfermedad que sufría Cynthia Peterson nos confirmó que nunca volvería a ser la misma. La señorita Morozova se jactaba de hacer todo lo que mi padre le solicitaba, incluso desnudarse y dejarse penetrar una y otra vez por sus asistentes. Mi atormentador consideraba a sus hombres unos fanáticos de la satiriasis, bestias lanudas devotas del pánico de los sentidos, y por ello no dudaba jamás en arrojarles la carne helada de su sierva.

Sé que papá ansiaba que la frialdad de Morozova me convirtiera en una criatura semejante. Deseaba sentirse orgulloso de un suprahombre insensible que tarde o temprano fuera capaz de regentar el Planetólogo y su circo de farsas. La idea lo había cautivado por cerca de una década, antes incluso de que dimitiera a su cargo como director de conceptos especiales de Deep Linkage e inseminara artificialmente a la mujer de Rhode Island que se convertiría en mi madre. Lo cierto es que Morozova y papá compartían la misma ruta hacia el declive. Recuerdo muy bien la mañana que me anunciaron el deceso de la señora Cynthia Peterson, las sonrisas de complacencia en los rostros de ambos, sumadas a la introducción de una bandeja quirúrgica poblada de nuevos medicamentos e infusiones. El doctor Howarth pensaba recuperar la totalidad de las habilidades analíticas sobrehumanas de su hijo aplicándole un tratamiento inclemente, a la vez que tonificar su personalidad gracias a la dureza nativa de la señorita Morozova. Al cabo de un año, sin embargo, las titánicas esperanzas de mi atormentador se transformaron en un río de color negro sangre. Aunque sus esmerados experimentos en el Planetólogo eran cada día más exitosos, conmigo, para su desgracia, no tenía la misma fortuna, pues seguía comportándome como un niño completamente normal, curioso en algunas ocasiones, pero mayormente inseguro y aburrido. El semen modificado con el que sus médicos inundaron el trecho reproductivo de mi madre no pudo generar jamás las habilidades que su cerebro ambicionaba. Los aminoácidos, las cadenas polipeptídicas y la omnisciencia molecular habían zozobrado y respondido generosamente a la llamada del hundimiento. No fui capaz de triplicar de forma prodigiosa su destreza para encontrar alternativas y nuevos caminos de erudición, tampoco de predecir en cuestión de milisegundos eventos distantes de la Mecánica Celeste ni de codificar mi propio lenguaje matemático, adoptando, por ejemplo, la simbología secreta de seres vivos de la familia de las papilionáceas. Al igual que en el caso de tía Fay, mis mayores cualidades radicaban en la memorización de terminología ajena, en la comprensión lectora y en cierta soltura para la expresión escrita. No fue hasta el día que rompí definitivamente con mi atormentador cuando supe, además, que mamá había intentado escribir una novela acerca de un bebé de vanguardia concebido en un laboratorio.

Me queda claro, sin embargo, que la pastilla roja me hacía delirar. Y que el compuesto verde agua, de dosificación semanal debido a sus efectos secundarios, me mantenía inhábil, aletargándome y sumiéndome en una inconmovible invalidez. Soy, en todo caso, muy distinto a otras criaturas que poblaron la Tierra. El hijo de un científico arrogante que, embelesado por su propio fulgor, quiso acabar con la democracia histórica de esta nación continental. El vástago de un inventor iridiscente que nunca supo ver más allá de la insulsa vanidad de su ombligo. Todos los eventos que narraré a continuación —incluso aquellos que no sucedieron ni antes ni después de la muerte de Ronald Reagan— tuvieron lugar en circunstancias en las que pude haber perdido la cordura. Mis piernas llagadas son el testimonio de mi impotencia; son, también, la demostración palmaria de los escrupulosos cuidados de la auxiliar de enfermería Alyona Morozova. Es mi deber subrayar que la catástrofe del transbordador Challenger, el segundo orbitador del programa de transbordadores espaciales de la Administración Nacional de la Aeronáutica y del Espacio, aconteció el 28 de enero de 1986, cerca de las 11:40 am, hora del este de los Estados Unidos.

Las crisis, como bien intuyen, sucedían a las crisis, y está claro que esta historia merecería un brumoso y detallado cuento de terror, una amplia exégesis acerca del deterioro; sin embargo, lo que en verdad debe importarles es que mi primo por línea paterna es una persona real, un ser de carne y hueso. Así como son reales el complot organizado día y noche en la sala de mando del Planetólogo y el imprudente proyecto de solución final de mi padre. Aquello que descubrí en la habitación de la señora Cynthia Peterson años después de su muerte, los escritos ocultos en el terrario de suculentas, también lo son. Lo cierto es que la única mujer que cuidó alguna vez de mí intentó en vano enterrar sus sentimientos y mortificaciones en musgo y grava mientras los médicos e ingenieros del Planetólogo depositaban su semen una y otra vez dentro del cuerpo de la señorita Morozova. Los escritos de Cynthia Peterson, un hatillo voluminoso de papeles mecanografiados, algunos de ellos salpicados de incoherencias y de gotas de sangre, dan fe de esta aventura infecta.

El Planetólogo, aunque su nombre diera la apariencia de indicar lo contrario, no era un ser humano, sino un sofisticado laboratorio de nanotecnología y miniaturización hipotética. Este último término describía un campo de la computación cuántica propuesto por mi padre durante su juventud, y fue fundamental para motivar el temor de varios de sus colegas y socios en Deep Linkage (años antes de su escandalosa renuncia), así como para cartografiar, sobre aquella perfecta plataforma construida cerca de casa, la accidentada y envenenada historia de su derrumbamiento. Tan solo un puñado de personas (entre las que se hallaban los asistentes de laboratorio, la señorita Morozova y yo) vimos realizado aquel sueño tumultuoso más allá de la teorización y la fase experimental; no obstante, quedan aún patentes primarias en las bóvedas de data de una sede secundaria de Deep Linkage en el Valle del Silicio y las sospechas de algunos de los herederos de Rudi Fröber, ese investigador rival de papá que muy factiblemente haya fallecido en la ciudad de Lucerna en circunstancias «antinaturales». Lo transcendental, en todo caso, es que el mecanismo propulsor de miniaturización hipotética construido en la primavera de 1985 funcionó tal y como las matemáticas lo anticiparon. Su destino práctico era la creación, duplicación y manipulación de materia orgánica, artefactos y sistemas funcionales a nanoescala, todo ello a partir del empalme de una novedosa eventualidad histórica. En simples términos, el ansia de grandeza y el egocentrismo, aunados a la perturbación mental del profesor Howarth, habían creado en una comisura de las montañas de Vermont el primer generador eficaz de microucronías.

Aunque no lo aparente a primera vista y sea difícil de concebir, yo sí nací suprahombre, tal y como lo deseaba papá. Por un tiempo muy corto, fui el sueño del Zaratustra de Nietzsche, el sentido de la tierra y la muerte de Dios. Las habilidades analíticas sobrehumanas que me dio la inseminación artificial alternativa llegaron a ser electricidad en las membranas plasmáticas de mis neuronas, a bailar en impulsos nerviosos que sorprendían a los más aptos y eruditos. Mi atormentador estaba complacido. Mamá, no obstante, habitaba otra historia. Por mucho tiempo supuse que no era más que una mujer renegada y cismática. Papá siempre hablaba de ella en términos de abandono y lejanía, decía que no había sido capaz de querernos. Y yo acepté (porque no conocía aún los pormenores de su viaje hacia el deterioro) aquella versión de la realidad, aquella visión de mundo firmada por el sabio Richard S. Howarth. La silla de ruedas llegó más tarde, junto con los cuidados persistentes de la auxiliar de enfermería Alyona Morozova, pero antes de la tortura más violenta fui marchitándome poco a poco, perdiendo los atributos que el suero de semen modificado solamente me había dado en confianza a cuenta gotas, convirtiéndome en un niño completamente normal, curioso en ocasiones, pero mayormente idiota y aburrido. Cuando alcancé la edad de siete años, todas esas ecuaciones diferenciales que había resuelto prácticamente vendado, como si se tratara de un simple juego de sopa de letras, y todas esas meditaciones en voz alta acerca de la energía total (papá las grabó una y otra vez con el sistema cerrado de cámaras de vídeo que operaban sus ayudantes), empezaron a enrarecerse en el papel y en la pizarra, a sonar desacordes. La señora Cynthia Peterson, sin embargo, me tendió los brazos cada vez que mi atormentador me forzó a pensar y repensar, cada vez que me estigmatizó; y, finalmente, el día que fui excomulgado del templo de la suprahumanidad científica. Recuerdo esa época, entre los siete y los once años de edad, como la más feliz de mi vida, al lado de la señora Peterson y de mi primo Jason Gurley-Howarth, cuando tía Fay le permitía visitarnos.

Fuera del Estado del Japón, Ogon Batto, el superhéroe-espectro enemigo del Doctor Zero, cuenta con varios apelativos. Los italianos, por ejemplo, lo llaman Fantaman. En los países de habla española utilizan el nombre Fastasmagórico; mientras que en Australia, quienes fueron niños en la década de su transmisión, lo conocen como Phantoma. Esta serie de dibujos animados, lo mencioné anteriormente, nunca fue emitida por señal abierta en los Estados Unidos. Quizá se debió a un simple miedo puritano o, en aquel entonces, al racismo institucional que existía todavía hacia los productos de la cultura nipona. Quizá alguien creyó, tonta y atrevidamente, que competiría de forma desleal con el Batman de *Detective Comics*; que los niños de Nueva York (o, peor aún, los del valle del lago Utah) jamás se identificarían con sus tenebrosas carcajadas. Debo admitir que si no fuera por la efímera residencia de mi primo en la ciudad de Tokio, jamás habría estado al corriente de las peripecias del murciélago dorado, el enemigo del megalomaníaco Doctor Zero, aquel supuesto doble de mi padre. Debo admitir, asimismo, que si bien el Doctor Zero tiene una voz dramática y aterradora que encarna la bestialidad de su entusiasmo, para mí, al menos, el timbre de las exclamaciones del profesor Howarth —al igual que su complexión física— se asemeja más al del Doctor Infierno, aquel brillante y atormentado científico de los 92 episodios de *Mazinger Z*.

Sé por fuentes creíbles que las cinco mujeres que participaron en los experimentos de inseminación artificial fueron captadas por una recién llegada Alyona Morozova entre los meses de marzo y abril de 1974. En una de sus primeras tareas, la moscovita se encargó de poner en funcionamiento una discreta oficina de incorporación biológica en el casco histórico de la ciudad de Burlington. En dicho lugar, la localidad más poblada del estado de Vermont, las probabilidades de hallar participantes que cumpliesen las condiciones básicas del experimento del profesor Howarth se intensificaban. Lo cierto es que el fenotipo del espécimen solicitado por mi atormentador exigía una pigmentación oscura del pelo y una pigmentación cutánea de tipo III en la escala Fitzpatrick. Morozova, siempre solícita ante las arbitrariedades, desempeñó la tarea asignada al pie de la letra; ella misma, ciertamente, era un vivo ejemplo de aquellos rasgos observables deseados, la perfecta expresión de la distribución de la melanina, y había visto en zonas marginales de Moscú, en los asientos traseros de varios automóviles Moskvitch aparcados en cocheras de edificios de mala muerte, mujeres como las que mi padre despreciaba, mujeres cuyos genes rubios o rojizos, por razones muy personales, ella también deseaba proscribir. En dos sesiones distintas en aquella oficina del casco histórico de Burlington, una vez superada la criba fisonómica inicial, las cinco aspirantes seleccionadas por Morozova fueron sometidas también a una ardua prueba de aptitud matemática en torno a ciertos bloques cúbicos en una construcción hipotética de concreto.

La memoria es redundante. Soy, es verdad, una irregularidad molecular y zootómica, un niño superdotado vaciado de sus prodigios, un ser que nació entre un haz de luz y un escupitajo. Para mí esto es verosímil, a pesar del destino de mi cerebro de vanguardia y de la tristeza de la suprahombría, a pesar de que temo que gran parte de mi historia sea solamente el resultado de un accesorio nemónico establecido para salvarme; una especie de fuga que se repite y se acostumbra a su cadencia hipnótica. Debo indicar nuevamente, sin embargo, que mi primo Jason Gurley-Howarth es una persona real, y no una astuta fabricación de la casa en la que pasé los años de infancia. El Planetólogo, a su vez, lo afirmo con el mismo convencimiento, jamás debería ser imaginado como un ser viviente, sino como un oscuro laboratorio de monstruosidades y desarreglos. Tengo la sospecha plena, gracias a la imagen de una postal de 1989, de que Jason aún vive en la costa norte del estado de California. Lo recuerdo bien —aunque las memorias parezcan vegetar ahora en mi cerebro cubiertas por una gasa larga y apagada—: el faro que todavía guía a los navegantes en las inmediaciones de Point Cabrillo. Mi cuerpo ya no latía cuando la postal llegó a mis manos, pero la letra esmerada de Jason me pareció inconfundible en aquella ocasión, negando así la posibilidad de un holograma proyectado desde la sala de mando del Planetólogo, como sí lo fueron, en su momento, las sombras que poblaban los jardines de la casa, y aquellos biodroides guardianes de rostro difuso que aparecían y desaparecían en la penumbra. Puedo asegurarles, gracias a los recuerdos de mis piernas llagadas y a la impotencia constante de mi cuerpo, que la señorita Morozova tenía un carácter anormal y un origen terrible, pero que también gozaba contándome historias acerca del cineasta Tarkovski, un artista por quien guardaba una pasión absoluta. Recuerdo sobre todo la pastilla roja que me hacía delirar. Recuerdo, también, que la violenta presidencia de Adora Goliath empezó un 13 de septiembre de 1987, hacia la una de la tarde; el mismo día que Jason compartió conmigo una cinta de música titulada *Peace Sells... but Who's Buying?*

En un principio, Deep Linkage parecía contener todas y cada una de las infinitas variantes del yin y el yang, hasta que el equilibrio de estas fuerzas complementarias se quebró. Guido Atkins y April Takayama, cofundadores de la empresa y antiguos socios de papá, buscaban un sendero comunicante entre las aplicaciones informáticas y la sustancia inmortal de los seres humanos (el corredor del suspiro anímico), mientras que mi atormentador veía en aquella novelesca empresa que perseguía los misterios del alma tan solo un paso embrionario para lograr el dominio y la posesión de todo lo existente en la Tierra. Absorto como estaba en la tarea de cambiar los patrones de la cotidianidad y de sentirse por siempre inmarcesible, el profesor Howarth no pretendía únicamente imbuirse de fuerza inagotable, sino también autoproclamarse propietario eterno de sus inferiores. El día que Takayama y Atkins repararon en las torcidas ambiciones de su socio —y en su traicionero infantilismo— fueron desplazándolo gradualmente, obviando sus opiniones, abrumándolo con tareas superfluas de ingeniería y contabilidad, merecedoras de un simple aprendiz. Mi padre lo percibió claramente, sin embargo, para transformar su idea en dios, necesitaba aún de la infraestructura de Deep Linkage y de la dirección de conceptos especiales que encabezaba. Requería que uno de los circuitos integrados en desarrollo (nombre operativo: Kenntron 36) alcanzara la performance propuesta en su teorización. Cuando esa pequeña pieza elemental de material semiconductor dejó finalmente boquiabiertos a sus colegas y competidores, el hombre que calculó mi existencia vendió su participación en la compañía y se alejó de los territorios del oeste con dirección a las cordilleras del estado de Vermont, donde consumaría, pocos años después, un sueño excesivo.

Ya dije que por un tiempo el doctor Howarth pensó que podría recuperar la totalidad de mis habilidades sobrehumanas aplicándome un tratamiento inclemente; dije que recuerdo aún las sonrisas de complacencia y la introducción de una bandeja quirúrgica poblada de nuevos medicamentos e infusiones. Tengo memoria también de un par de pinzas y de un frasco de sal, y de una caja de hojas de cuchilla de acero que la señorita Morozova, la auxiliar de enfermería que siempre vestía de negro y que papá me asignó durante el ocaso de Cynthia Peterson, utilizaba para torturarme, dibujando imágenes paganas sobre la piel de mi sección abdominal. Recuerdo el ángulo y el surco del primer corte, el tacto punzante de la sal al limar la carne viva. Mis brazos llagados invocando compasión. Mis piernas entumecidas por culpa del compuesto verde agua. Las úlceras en los labios y en la lengua. Al cabo de un año, las esperanzas malsanas de mi padre decayeron, perdió poco a poco el interés en mí. Aunque sus experimentos de vanguardia en el Planetólogo eran cada día más celebrados, conmigo no tenía la misma fortuna, seguía, para su desgracia, retrocediendo hacia el lado del espectro de la normalidad. Ya no le importaba corregirme ni hallar el origen de su error de cálculo, y el día que la señorita Morozova empezó también a participar activamente en las pruebas del mecanismo propulsor de miniaturización hipotética, mi vida útil llegó a su fin. Tan solo me trataban y alimentaban como si fuese un animalejo inusual, el fenómeno de la residencia. Pero por alguna razón —en esa época pensé que era simplemente caridad de su parte— papá creyó conveniente distraerme también con un libro introductorio a la programación en lenguaje *assembly* y una computadora de segunda mano para novatos.

Las crisis, ciertamente, sucedían a las crisis, y yo solo podía imaginar lo que mi primo me narraba. Nunca tuve la oportunidad de ver un solo episodio de *Mazinger Z* ni de *Gran Mazinger*, que en los Estados Unidos fueron desmembrados gracias a un obsceno contrato de redifusión y emitidos apócrifamente con el nombre de «Tranzor Z»; sin embargo, sí podía cerrar los ojos y fantasear con cada una de sus batallas, ver a sus colosos electromecánicos volar, lanzar proyectiles y disparar rayos láser de energía fotónica, reír y suspirar junto a sus pilotos: Koji Kabuto, conductor de Mazinger Z. Sayaka Yumi, piloto de Afrodita A. Gracias a los relatos de Jason Gurley-Howarth conocí a todos los héroes del Instituto de Investigaciones Fotónicas y a los repugnantes lacayos del Doctor Infierno: el Barón Ashler, el Conde Decapitado, regentes de las fortalezas submarinas y voladoras. Gracias a mi primo Jason percibí el terror cada vez que una de esas execrables bestias biomecánicas construidas por el Doctor Infierno asolaba el Japón; las guadañas volantes, los taladros electrificados, las descargas lumínicas y los campos de fuerza electromagnética, los cañones de ácido, las esferas rodantes destructoras, los rayos congelantes y los rayos de calor.

Si la memoria no me falla, las ondas emitidas desde la sala de mando del Planetólogo servían para proteger el complejo, sobre todo las instalaciones que a pesar de encontrarse cubiertas por paneles de poliuretano corrían el riesgo de ser observadas desde el aire. En el fondo, se trataba solamente de una absurda práctica para apaciguar los delirios crecientes de papá, quien había desarrollado de manera progresiva un trastorno persecutorio tras la construcción de la plataforma y el pequeño hemiciclo que la acompañaba. Lo cierto es que cuando los asistentes de mi atormentador activaban la red de seguridad, un gran cubo holográfico, con facultades de réplica y mímica, cubría el domo geodésico en la cima del monte, la plataforma metálica y el hemiciclo, además de la casa de la familia. El sistema de seguridad funcionaba de manera autónoma, replicando a lo largo del día el paisaje y la conducta de sus alrededores, formando así una especie de película viva al manipular los rayos de luz incidentes. Si bien el domo geodésico fue levantado por personas que creyeron participar en la construcción de un invernadero y ya no se encontraban vivas, y si bien el fortín subterráneo que contenía la sala de control podía ser interpretado como otro excéntrico refugio nuclear de la Guerra Fría reinante, a mi padre le preocupaba a más no poder lograr la invisibilización de la plataforma, pues sobre su estructura de metal, literalmente, levitaría después todo el peso del mundo. Cuando la señorita Morozova tomó de forma temporal el mando del Planetólogo y de la casa, sin embargo, las estrategias de protección territorial viraron fuertemente, abrazando, no hay duda, un sendero de pesadilla típico del miedo a los peligros de la extinción.

Es mi deber recalcar que la catástrofe del transbordador Challenger, el segundo orbitador del programa de transbordadores espaciales de la NASA, aconteció el 28 de enero de 1986, cerca de las 11:40 am, hora del este de los Estados Unidos, en las inmediaciones del Centro Espacial John F. Kennedy (Cabo Cañaveral, Florida). Debo añadir, además, que este reprochable error humano —al igual que las posteriores investigaciones alrededor de sus causas— fue el catalizador de la prueba definitiva del mecanismo propulsor de miniaturización hipotética de mi padre. Lo cierto es que setenta y tres segundos después de despegar del Complejo de lanzamiento 39, el orbitador Challenger se desintegró en el aire a causa de una irregularidad en la junta tórica de uno de sus cohetes aceleradores. Es ya conocido por todos lo que dicha falla de ingeniería desencadenó aquella mañana de 1986. Francis Scobee, Ellison Onizuka, Ronald McNair, Michael J. Smith, Gregory Jarvis, Judith Resnik y la profesora de secundaria Christa McAuliffe son héroes de esta nación. Aunque suene poco creíble después de todas las vilezas que les he narrado, debo decir que papá también pensaba de ese modo, y que su opinión, ciertamente, no era un mero alegato de la fantasía.

Excluyendo el hecho de que las cinco mujeres de Nueva Inglaterra que acudieron a la oficina de incorporación biológica en el casco histórico de Burlington compartían una pigmentación oscura del pelo y una pigmentación cutánea de tipo III en la escala Fitzpatrick, lo que en verdad las vinculaba era ser herederas de la orfandad y no haber atesorado ninguna relación sentimental a lo largo del año anterior al experimento de inseminación artificial alternativa. En la práctica, estas características sociales garantizaban cierto anonimato, las hacían imperceptibles e insignificantes para la mayor parte del mundo exterior, o al menos ayudaban a que, de darse una búsqueda o una investigación repentina, muy pocos ciudadanos se interesaran en ellas. Lo que ni mi atormentador ni la auxiliar de enfermería Morozova tuvieron en cuenta, sin embargo, fue la resistente y a la vez rabiosa sororidad que estas particularidades provocarían después. Donna, Lisa, Kimberly y Tammy tenían los mismos problemas económicos que mamá, las mismas necesidades de sobrevivir en un mundo que las había soterrado desde la infancia y convertido en subproductos de la tristeza, y nunca, desde luego, habían recibido auxilio de nadie; por el contrario, su nomadismo y hambruna las había encaminado apocalípticamente hacia la madriguera del profesor Howarth, sus úteros habían sido invadidos y envenenados en una mesa quirúrgica con espermatozoides corregidos. He ahí la razón por la que no se quedaron en silencio el día que su voz coral finalmente brotó de la tierra.

Esta es la visión que suelo tener acerca de la muerte de Rudi Fröber: un viajero misterioso parte de la ciudad de Nueva York un 3 de abril de 1984 y llega, después de aproximadamente ocho horas de vuelo, a la ciudad de Zúrich, no carga consigo más que una bolsa de mano y una pequeña linterna. Ahí, aborda un tren de cercanías en la Bahnhof Zürich Flughafen y la vía ferroviaria lo lleva hasta la comuna de Zug. Pasa aquella tarde y aquella noche con una mujer de su adolescencia, a quien amó perdidamente en el pasado (a pesar de lo que le decía la razón), y a quien ahora, veintitrés años después de su último encuentro, vuelve a acariciar en una habitación para dos personas del Hotel Löwen, sabiendo que la mujer enviudó y que ha heredado una casa con vistas al lago de la ciudad. El hombre la hace suya, primero tiernamente, luego salvajemente, y cuando llega la mañana, antes de partir, le menciona que la desprecia, y que nunca olvidará que lo dejó por un hombre viejo y acaudalado. De Zug se transporta a Lucerna en taxi. Su destino, le dice al conductor, es Denkmalstrasse 4, la calle donde se encuentra el monumento del león herido, el lugar que Rudi Fröber visita a diario porque le trae a la memoria los días en que su abuelo lo llevaba a ver aquella conmovedora escultura de arenisca; siempre está ahí alrededor de las once de la mañana, y ese martes, indudablemente, hace lo mismo que acostumbra. Lo transcendental, sin embargo, no es la manera en que el hombre misterioso se acerca a Rudi Fröber —sin que este lo anticipe—, sino el rayo sigiloso que dispara la pequeña linterna del forastero. El rival de mi padre se enciende y se carboniza en pocos segundos, y un minuto más tarde el mismo evento se repite en el cuerpo del homicida, quien se ha inmolado, en circunstancias aparentemente «antinaturales», en un parque suizo, y por los frutos desconocidos de un generador de microucronías que no se construirá hasta un año después.

La cinta de Megadeth, al igual que la mayoría de la música que llegaba a mi habitación (desde las melodías desgarradoras de Death Angel hasta las psicodelias guturales de Sanctuary), era parte de la colección de *heavy metal* de mi primo Jason Gurley-Howarth. Durante sus visitas acostumbraba compartir conmigo un Walkman II y explicarme por qué *Creatures of the Night* era el mejor álbum de Kiss desde 1977, a pesar de que para ese entonces Ace Frehley y Peter Criss ya habían renunciado a la banda. Lo cierto es que, aunque los efectos de la pastilla roja eran casi siempre ingratos para mi equilibrio cerebral, recuerdo que la música de miedo que Jason traía a casa de mi atormentador solía liberarme, hacer que los delirios tuvieran, al menos, un fondo y una forma. Ciertamente, había algo en esas escalas menores y progresiones, en la aplicación periódica del tritono —el *diabolus in musica*—, y en los ritmos extremos del *blast beat* de la batería de Charlie Benante en la turbadora discografía de Anthrax. Desde sus días en Black Sabbath, Ozzy Osbourne les cantaba a la hechicería y al Juicio Final, mientras que Iron Maiden componía himnos al fantasma de la ópera y a la marca de la Bestia. «*Peace sells... but who's buying?*», reclamaba Dave Mustaine, gruñendo ante la maquinaria militar y política que ahorca al ser humano. Y estaba, al mismo tiempo, aquel demonio femenino, la guardiana de Mercyful Fate, que cegaba con una luz inextinguible, en la cubierta del álbum *Melissa*, a sus invocadores.

Si el Proyecto de Solución Final de la Cuestión Humana no hubiese carcomido la mente de mi padre, tal vez hoy estuviésemos juntos, tal vez hoy sería otra la forma del relato. Es cierto que nunca fui capaz de triplicar de manera prodigiosa la destreza intelectual del profesor Howarth, tampoco de predecir, en cuestión de milisegundos, eventos apartados de la Mecánica Celeste, pero tal vez... si mi padre me hubiera dado su cariño en vez de preferir el desmoronamiento de todo lo que nos rodeaba, tal vez hoy estuviésemos juntos, soñando juntos, fabricando circuitos integrados en su laboratorio, aplicando ingeniería inversa a una nave espacial varada, haciendo maquetas, en nuestros ratos libres, de dirigibles y submarinos. Mi nombre, si es que no se los mencioné anteriormente, es Ethan Christopher Howarth. Soy el hijo del diseñador del Planetólogo, el vástago de un inventor iridiscente que juzgó sensato darme vida en la turbidez de un bosque acadiano. Todos los eventos que narraré a continuación tuvieron lugar meses después de que el mecanismo propulsor de miniaturización hipotética entrara en funcionamiento experimental en la primavera de 1985. El semen modificado con el que los médicos de mi atormentador anegaron el trecho reproductivo de mi madre en 1974 —deben haberlo intuido ya— le hizo perder la razón por etapas y distanciarse para siempre. Los aminoácidos, las cadenas polipeptídicas, las ausencias que paulatinamente mutaron en presencias. Las ausencias, es verdad, son tan importantes para mí.

La realidad, está claro, es una creación de nuestras desmesuras, y lo cierto es que la señorita Morozova no llegó a Vermont como una espía encubierta, sino como la pareja de un fotoperiodista de Alemania del Este que hizo lo imposible en 1961 para sacar a la joven de diecinueve años de Moscú, trasladarla secretamente a Berlín Oriental y morir en un accidente de autobús un día después de que su mujer cruzara un corredor subterráneo hipotético elaborado por mi padre en el año de 1973. Aquella construcción furtiva fue una de las primeras victorias claras de una serie de microcontroladores experimentales que el profesor Howarth guardaba con recelo de sus colegas de Deep Linkage, circuitos integrados programables de primera generación, precursores de los que más tarde formarían parte de la génesis del procesador Kenntron 36. Lo cierto es que el hallazgo y el examen de los corredores hipotéticos le permitieron a mi padre especular acerca de las posibilidades vanguardistas de la ampliación y la reducción. Fuera de la franja de acción de los corredores, claro, la otra Alyona Morozova continuó viviendo tal y como estaba establecido; fue deportada a Moscú por la Administración Central para la Lucha contra Personas Sospechosas de la Stasi y olvidada, sin prevalecer ni destacar, por los libros de historia soviéticos. Su doble, sin embargo, la Alyona Morozova que cruzó deliberadamente el corredor hipotético en 1973, llegó a los laboratorios de Deep Linkage siete años antes de la renuncia de mi padre y aprendió con facilidad el idioma y a gestionar soluciones convenientes. No tengo certezas acerca de cómo mi atormentador supo de esta mujer antes de abrir el corredor que unió momentáneamente Berlín Oriental con su sala de pruebas (reconozco que hay muchas particularidades que no puedo comprender aún acerca del cerebro y el raciocinio de papá), pero también es evidente para mí que las secuelas de la pastilla roja causaron una profunda laguna en mi banco de memoria, y que dicha información —por más que sea una parte sensible del rompecabezas inicial— tal vez se haya perdido para siempre. Son más relevantes, en mi opinión, las historias que la señorita Morozova me contaba acerca del cineasta ruso Tarkovski, sobre todo la última de ellas, sobrevenida horas antes del experimento final. Recuerdo que nunca vi brillar tanto sus ojos azules como aquella vez. A pesar de su maldad inherente, la auxiliar de enfermería Morozova era una mujer de belleza inquietante, y en verdad estaba enamorada de cada uno de sus discursos. Esto es, letra por letra, lo que me dijo aquella mañana:

¿Te he contado alguna vez esa historia, Ethan? ¿La del día que llegué a la Zona y a la habitación de los deseos? Mamá, ya lo sabes, se casó muy joven con un conductor de tanques que nunca conocí, un hombre que no era mi padre y que falleció en la guerra operando uno de los KV-1 que nos devolvió la vida en la batalla de Stalingrado. Fue él quien le dio a mamá a mis dos hermanas mayores, y quien al morir por culpa de una bala perdida no supo jamás que estaba dejando en la viudez a una zorra ejemplar. El día que llegué a la habitación de los deseos de la película del señor Tarkovski mi madre había desaparecido una vez más con el finlandés que la compraba, Jaakko, un ingeniero flacucho de dientes amarillos que visitaba Moscú con frecuencia. Mis hermanas mayores, Dasha y Jelena, preferían olvidar los rasgos de su rostro famélico, para ellas era más fácil tamizar los días y las noches y hacerse de la vista gorda, dedicarse a lo suyo desconociendo la realidad que nos rodeaba. El trabajo nunca ha faltado en la Unión Soviética. Es un país inmenso que siempre devorará a millones de trabajadores, y mis dos hermanas acostumbraban olvidarse del peso de la decepción de esa manera. Mi madre también hizo lo mismo por un buen tiempo, menospreciar diariamente el lado imperfecto de la realidad, sobre todo cuando estaba casada con el alcohólico que fue mi padre. Ella era cortadora y grapadora en una imprenta, y por muchos años fue suficiente para sacarnos adelante a sus tres hijas, tan solo cortar el papel y fijar las grapas donde debían ser puestas. Si la hubieras visto trabajar, te habría impresionado, lo ágil y veloz que era mi madre para guiar la guillotina. Yo también trabajé ahí, fui ayudante en la misma imprenta durante una temporada, mi primer empleo. Duré poco menos de un año por culpa del deterioro que me ocasionaba aquella inmunda cotidianidad. Y es que empecé a condenar la compañía de mi madre, a maldecir abiertamente sus engaños, la manera pérfida en que se peinaba aquel cabello pelirrojo y se miraba al espejo, mintiéndome cada vez que Jaakko volvía a la ciudad. Mi padre era un bebedor, pero también un hombre lleno de ternura; me cortaba las uñas cuando era pequeña y nunca me causaba dolor, las dejaba siempre parejas, las limaba para que no rasparan ni mi carne ni mis vestidos, y cada vez que terminaba de embellecerlas, me daba un beso en ambas palmas, *uno para cada palma*, decía. Mi padre murió en una cantina peleando contra varios como él, y desde entonces mamá quiso ser otra. Un día asomó ese tal Jaakko, volvíamos a tener un hombre bajo nuestro techo, dijo mamá, pero nosotras ya éramos lo suficientemente despabiladas para darnos cuenta de aquel arreglo. Ambos deseaban dispersarse. Uno lo hacía tomando un vuelo desde Helsinki y encamándose con mi madre en Moscú, la otra dejando solas a sus hijas por días y noches que siempre se alargaban, como si no las tuviera. Pero Dasha y Jelena, las mellizas rubias, preferían negar lo que estaba delante de sus narices, hervir en leche el cereal para la *kasha* del desayuno y desconocer la presencia de Jaakko. *Mamá es una mujer libre*, decían. *Mamá es mamá.* Y yo las odiaba tanto por hablar de ese modo. El día que llegué a la habitación de los deseos, como te contaba, mi madre había desaparecido una vez más con aquel hombre demacrado. No sabía a dónde ir a enterrarme viva, pero mi amiga Svetlana me recibió y me propuso ir al cine, y aquella tarde de 1979 nos sentamos en las butacas del teatro Pushkinsky a ver una nueva película del señor Tarkovski. Lo sé, sé que te confundo al desobedecer y despedazar el calendario, querido Ethan, que las fechas parecen ahora virar y no corresponder, pero no pongas esa cara. Sé que tu padre te ha dicho, que yo misma te he dicho tantas veces, que llegué a los Estados Unidos antes de ese año, que vivía en Berlín Oriental junto a mi exesposo, pero las cosas, no lo olvides jamás, no se cuentan como realmente sucedieron, sino como se recuerdan. Nunca olvides ese detalle: *las historias solamente se recuentan*, y aquella tarde Svetlana y yo *estuvimos* en el teatro Pushkinsky viendo una película del señor Tarkovski, era una tarde del mes de mayo de 1979, en el distrito central de Moscú. El logotipo obrero de los estudios Mosfilm. Las simetrías fotográficas. Los colores sepias. El rostro resplandeciente de la actriz Faime Jurno al lado de un lujoso automóvil. Las geografías que cambian segundo a segundo en la Zona. Los caminos que se abren y se cierran haciendo de lo conocido lo desconocido. La búsqueda de un sendero que no cambie a cada instante. El túnel de la esperanza. El núcleo. Los protones y los neutrones. El significado de la vida, si es que esta tiene un significado. Aquello que se endurece en la Zona termina siendo poesía, Ethan. Y aquella tarde en el cine, lo digo con sinceridad, no veo la razón para que no haya sido la más dichosa de todas. Avivada por el resentimiento y el odio hacia mi madre, no tenía tiempo de sentir otra cosa que la realidad de aquel nervio poético y la reciedumbre de la Zona. Es innegable que me percibía emparentada al señor Tarkovski, y él, lo he sospechado desde aquella vez en el teatro Pushkinsky, también lo sentía a través de mis ojos. Sin embargo, ¿qué quiere decir la palabra vínculo, Ethan? Yo sentí un vínculo innegable con el señor Tarkovski y el rostro resplandeciente de la actriz Faime Jurno. Y la pasión, ¿qué comunica en el fondo esa palabra?

Nunca olvides que la frialdad es algo penetrante, Ethan. Esa es la característica que la hace siempre tan áspera, pues tiene la ferocidad de algo que nos acongoja, de algo que nos horroriza y nos encanta hasta el tuétano, y es cierto que nos horroriza, y la persona que ostenta la suficiente bizarría para encomendarse a la frialdad, descubre en ella la libertad de la vida auténtica. Esa es la prueba por la que hay que pasar, querido Ethan. Si no hubiera sufrimiento en nuestra vida, como decía el señor Tarkovski en esa película que vimos Svetlana y yo, la vida no sería mejor, porque no habría tampoco felicidad ni esperanza, y yo nunca habría cruzado el corredor de Berlín Oriental en 1973 si no fuera por el sufrimiento en mi vida.

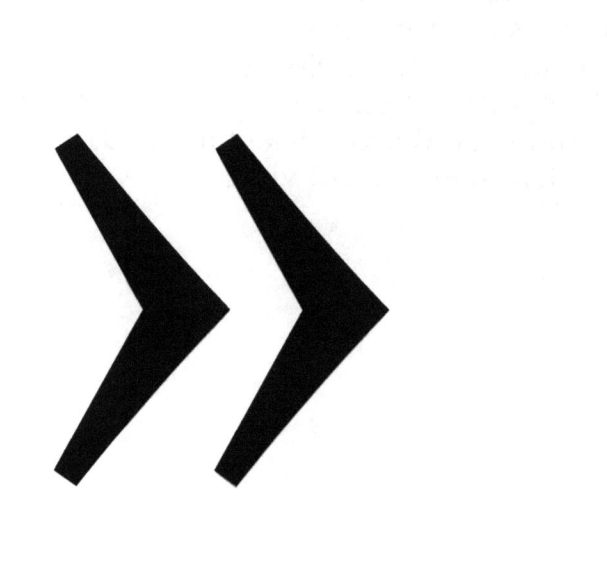

Las crisis, está claro, sucedían a las crisis, y todo parecía un contrasentido, pero en mi habitación la computadora que me proporcionó papá me mantenía bastante ocupado. Pronto entendí sus comandos de acceso rápido y casi todas sus funciones, y Jason, atraído por mi interés, hizo copias de dos videojuegos: *Maniac Mansion* y *The Armageddon Man*. A los eruditos y torturadores de la casa ya no les importaba corregirme ni hallar el origen de su error de cálculo, y el día que la señorita Morozova empezó también a participar activamente en las pruebas del mecanismo propulsor de miniaturización hipotética, mi vida útil y mi subordinación a los fármacos llegaron a su fin. Tan solo me trataban y alimentaban como si fuese un animalejo extraño, el teatro de variedades de la residencia. Aquella coyuntura sirvió para que Jason y yo pudiésemos sumergirnos por horas en canciones de Ronnie James Dio, W.A.S.P. y Suicidal Tendencies sin temor a que alguien nos interrumpiese. Nos permitía alabar las advertencias del amo oscuro de «*Master of Puppets*», cantar con la misma irritación y la misma furia de Dee Snider y Tom Araya, y asombrarnos con los gemelos recién nacidos, el bueno y el malo, que adornaban la cubierta del *Bonded by Blood* de Éxodus. Tía Fay le acababa de comprar a Jason un nuevo reproductor portátil, y yo, gracias a la línea de sucesión que nos hermanaba silenciosamente, heredé el antiguo Walkman II. Pocos meses antes de que mi padre pusiera en marcha la versión final del mecanismo propulsor de miniaturización hipotética, Helloween lanzó el álbum *Keeper of the Seven Keys*; entre sus piezas se hallaba una canción titulada «*Future World*», la composición de *power metal* que me condujo con suma intensidad — durante siete noches consecutivas—, mientras trataba de recompilar el código fuente de *Maniac Mansion*. Llegada la séptima noche, logré optimizar su rendimiento de operaciones y crear, para mi sorpresa, una versión apócrifa y corregida situada en un observatorio abandonado y ya no en la mansión original, y llamé a mi adaptación monocroma del programa *House of the Planetologist*.

Voy a ponerles al tanto ahora de algo que debí relatarles previamente. Mucho antes del último experimento, el extraño gesto de la enfermedad mental que sufría Cynthia Peterson nos confirmó que nunca volvería a ser la misma. Sucedió cuando paseábamos cerca de los límites de la laguna, en los días previos a los primeros trabajos de edificación del Planetólogo. Aquella mañana de junio, la señora Peterson enfureció de forma desmedida, empujando hacia un lado mi silla de ruedas y experimentando una suerte de ataque de pánico que hacía girar su cabeza descorazonadamente, indagando por algo que no se hallaba ahí, o que yo, deshecho sobre el limo amarillo, no conseguía observar. Fue una escena sumamente triste, verla desintegrarse ante mis ojos y convertirse en cuestión de segundos en una masa de carne sin significación. La señorita Morozova, que se jactaba tanto de hacer todo lo que mi padre le solicitaba, fue la primera en socorrerme, y le siguieron, por supuesto, los lacayos que ciegamente presionaban los botones de aquella maquinaria infernal que era el Planetólogo. Aquellos fanáticos de la satiriasis tomaron de los brazos a la señora Peterson, reprimiéndola, tumbándola sobre el pasto como si fuese una luchadora obsesionada con la muerte de sus semejantes. Después de aquella mañana, no pude verla más. Mi padre se encargó de que la auxiliar de enfermería Alyona Morozova me medicara otra vez. Yo llevaba tanto tiempo sin aquella pastilla roja en mi organismo que la sacudida fue inmediata. Y lo sé, créanme, sé que en este momento desobedezco y despedazo el calendario, que ahora las fechas parecen no corresponder a la lógica. ¿Cómo es posible que haya ingerido las pastillas antes de la primera vez que tuve conocimiento de ellas? Reconozco que previamente señalé una secuencia de eventos distinta; que dije que mi atormentador y la auxiliar de enfermería Morozova empezaron a medicarme poco después del deceso de la señora Peterson, y eso es cierto; que introdujeron una novedosa bandeja quirúrgica plagada de inesperadas dosificaciones (entre ellas, la pastilla roja), algo que también es cierto. Pero la duda, claro, se encuentra ahora en el momento exacto de la historia en que tomé la pastilla por primera vez. Lo comprendo, soy consciente de que a veces mi memoria entrelaza y confunde los verdaderos escenarios. Me disculpo por ese torpe vicio nemónico, ya que también dije que el periodo más feliz de mi vida fue la época entre los siete y los once años de edad, al lado de la señora Peterson y de mi primo Jason Gurley-Howarth (cuando Cynthia Peterson, sin duda, ya no se encontraba cerca de mí), pero las torturas, traten de no olvidarlo, se narran siempre tal y como se recuerdan, y no realmente como sucedieron. Y yo, lo reconozco ahora sin temor alguno, desentierro constantemente la voz y la figura de la señora Peterson, al igual que desenterré en su habitación, días después de su muerte, un hatillo voluminoso de hojas mecanografiadas.

La Comisión Rogers fue formada por el presidente Reagan el 6 de febrero de 1986 con el fin de investigar las causas del desastre del orbitador Challenger y hacer recomendaciones urgentes a la NASA por medio de un reporte integral. La encabezó el exprocurador general de los Estados Unidos William P. Rogers, y entre sus miembros más notables se encontraban el piloto de pruebas de la fuerza aérea Chuck Yeager, primera persona en superar la velocidad del sonido en una aeronave en vuelo horizontal nivelado; Neil Armstrong, primer ser humano en pisar la superficie de la Luna; Sally Ride, primera mujer estadounidense en viajar al espacio; y el Premio Nobel de Física de 1965 Richard P. Feynman, precursor de los debates en torno a la nanociencia y pionero de la computación cuántica. Este último, aunque supongo que nunca estuvo al tanto de lo que sucedía en el Planetólogo, fue uno de los mayores adversarios de mi atormentador, y la razón principal de su ira durante los primeros meses de 1986. No cabe duda de que el día que mi padre conoció a través de la cadena CNN la designación de Feynman como miembro de la Comisión Rogers la casa tembló sobre sus cimientos. El ego y el infantilismo de papá eran titánicos, demasiado apabullantes como para que alguien que remedaba su nombre, y que solamente había hecho, de acuerdo con él, una obscura referencia a las experiencias a nanoescala en un «discurso mediocre» en el Instituto de Tecnología de California, fuese tomado en serio para participar en semejante investigación.

Culpó a Reagan y a Rogers, naturalmente, por aquella humillación pública, por aquellas políticas de escarnio, y juró hacerles pagar. Lo cierto es que el mismo día de la catástrofe del transbordador, simplemente al observar una y otra vez la repetición de las imágenes del despegue, mi padre concluyó que la causa definitiva del accidente espacial se hallaba sin duda en las junturas de los cohetes aceleradores sólidos. Richard S. Howarth, diseñador del Planetólogo, no necesitaba que una comisión de inferiores se lo expusiera a lo largo de cinco meses. No necesitaba de nadie en absoluto, y aquel 28 de enero de 1986 decidió que no esperaría un día más para revelarle al mundo lo que su todopoderoso mecanismo propulsor de miniaturización hipotética era capaz de moldear.

El develamiento del mecanismo, pieza clave de aquel laboratorio de mortificaciones y ocasos que era el Planetólogo, no fue un acto multitudinario, sino un episodio esencialmente doméstico, un fragmento más de la abominable rutina familiar de aquellos días. Si la memoria no me falla, la apertura tardó cerca de año y medio —precedida por una serie de ensayos y modificaciones al sistema de control de cúbits del computador—, y se llevó a cabo finalmente la mañana del 6 de agosto de 1987. Nos encontrábamos en la sala de control el profesor Richard S. Howarth, la auxiliar de enfermería Alyona Morozova, sus asistentes y yo. Para ese entonces, tía Fay ya había empezado a sospechar algo inhumano y probablemente impredecible, y en las semanas que antecedieron al principio del fin le prohibió a Jason que volviera a visitar la casa. Él, desde luego, desobedeció las órdenes de su madre y se acercó una última vez, sin tener la menor idea de lo que ocurriría, la tarde de la proclamación de Adora Goliath; sin embargo, nunca contempló en persona lo que yo sí pude ver el día de la apertura oficial del Planetólogo. Los circuitos integrados del antiguo procesador Kenntron 36 de la era de Deep Linkage habían alcanzado ya las fronteras de un mundo insólito, pasando de la informática clásica a un paradigma de complejos y novedosos algoritmos. La ciencia que conocíamos hasta ese punto de la historia humana había llegado ciertamente a la obsolescencia, desembocando de pronto en un taumatúrgico procesador Kenntron Q, núcleo activo de una computadora cuántica con un poder de cálculo de 12 cúbits, algo inimaginable para la época, algo que solamente el cerebro de un atormentador como el mío podía lograr. Lo cierto es que sobre aquella plataforma metálica que tanta protección había recibido empezó a terraformarse un duplicado exacto de nuestro planeta y de la Luna. El globo tenía más o menos unos cinco pies de diámetro y levitaba girando sobre su propio eje. A fuerza de dedicación, papá había conseguido reinventar con éxito los corredores hipotéticos iniciales. Si aquellos pasajes funcionaban antes como una especie de túneles duplicadores de materia que se extendían de una zona a otra del mundo, el Planetólogo, en cambio, podía reproducir el orbe y llevar su contenido a una escala extrema, dependiendo de la arquitectura de la hipótesis diseñada. El día del develamiento de su imponente truco de magia mi atormentador, el Doctor Infierno que incendiaba poco a poco la casa familiar, ejecutó los parámetros hipotéticos de una microucronía en la que tenía el control absoluto de los habitantes y los territorios de la Tierra. Reagan, Rogers, Yeager, Armstrong, Ride, el físico teórico Richard P. Feynman —todos los seres inferiores a mi padre— habitaban paralelamente aquel mundo duplicado sin que sus verdaderos organismos lo imaginaran.

Salvo por las excepciones que el arquitecto programa conscientemente —los atributos que se suprimen o evitan de la hipótesis computacional—, una microucronía puede ser todo lo que alguien pretenda. En el caso de la que fue ejecutada en el verano de 1987, mi padre excluyó el perímetro de la casa en la que residíamos, así como su contenido orgánico y no orgánico. Era ciertamente entendible que no quisiera programar la existencia de otro Planetólogo ni de otra persona como él, y que además anulara a su comitiva científica, al igual que la posibilidad de generar una tercera auxiliar de enfermería. El espacio correspondiente a nuestra casa y sus habitantes fue simplemente sustituido por una mortecina laguna artificial que copiaba la anterior. La vida de los pobladores del mundo duplicado, por un tiempo, continuó siendo trivial y rutinaria, y no sufrió mayores alteraciones hasta cinco semanas después de su creación hipotética. Durante ese lapso, el intervalo previo a la ejecución del Proyecto de Solución Final de la Condición Humana, mi atormentador bosquejó las matemáticas de una serie de infortunios y calamidades, intentando hallar en sus maquinaciones nocturnas la fórmula de supresión perfecta, tratando de potenciar la catástrofe icónica que abriría monumentalmente aquel nuevo orden implantado por su ingenio. En medio de esa exploración de ideas embrionarias, su primer blanco fue la sede central de Deep Linkage en el Valle del Silicio, la empresa de vanguardia que cofundó a la edad de veinticuatro años junto a April Takayama y Guido Atkins. Aquel acto de venganza suprema tomó tan solo segundos, y fue, efectivamente, un episodio decisivo. El *kaiju* inmemorial que calcinó los laboratorios y el edificio administrativo de la compañía, despidiendo por la boca igniciones de napalm, derritió también las honduras de las células y los esqueletos de ambos cofundadores, anulando inmediatamente su posibilidad de revelarle al mundo la deseada ruta informática hacia el suspiro anímico. Quienes nos encontrábamos en la sala de control quedamos boquiabiertos frente a las pantallas. Podíamos sentir, al igual que las víctimas del monstruo, aquel fuego inmemorial grabando ampollas sobre nuestra piel, escuchar los gritos y los quejidos confusos de los laboratoristas e ingenieros flameantes y el llanto anacrónico de sus seres queridos al arrodillarse sobre sus sepulturas de ceniza. Éramos conscientes, sin duda alguna, de que a partir de ese momento —delante de aquel engendro prehistórico desencadenado por mi padre— nuestro porvenir se metamorfoseaba para siempre gracias al poder de cálculo de una máquina infernal.

A veces pienso que si el odio y la decrepitud de espíritu no hubiesen absorbido los ideales de mi padre, tal vez hoy estuviésemos juntos, tal vez hoy sería otra la forma del relato. Es cierto que nunca fui capaz de aumentar de manera milagrosa la destreza intelectual del profesor Howarth, tampoco de formular, en cuestión de segundos, mi propio lenguaje matemático, pero si mi padre me hubiera concedido un grano de su tiempo en vez de preferir el derrumbe de todo lo que rodeaba nuestras vidas, tal vez hoy estuviésemos juntos, soñando juntos, fabricando componentes eléctricos en su laboratorio de pruebas, aplicando ingeniería inversa a un objeto volador abandonado. Para mí esto es verosímil, a pesar de la suerte de mi cerebro de vanguardia y de las tribulaciones de la suprahombría, a pesar de que temo que gran parte de mi historia sea tan solo el resultado de un accesorio nemónico erigido para darme sosiego espiritual, una especie de fuga que se repite y a la vez se acostumbra a su triste cadencia letárgica. Los signos, es cierto, suelen representar una lengua, pero no siempre la que creemos conocer.

Después de la supresión de la sede central de Deep Linkage, papá entendió que el Proyecto de Solución Final de la Condición Humana —modificar el mundo a su antojo mediante las articulaciones de su mecanismo propulsor y las hipótesis programadas— sería, en adelante, su única vocación. Había en su actitud infantil, sin duda alguna, un halo de triunfalismo, pues se sabía ganador de un certamen recóndito que el resto de la humanidad desconocía. A excepción del puñado de personas que residía en nuestra casa, todos los seres vivos del planeta (al igual que sus pertenencias) se habían convertido en simples juguetes, marionetas de madera y algodón incapaces de controlar su destino. Richard S. Howarth era al fin el emperador todopoderoso que siempre había deseado ser, el manipulador y el ingeniero constante de la vida terrenal y de sus plagas modernas. La última tarde que estuvimos juntos me pidió que lo acompañara hasta el pequeño hemiciclo que había edificado al lado de la plataforma. No recuerdo una conversación entre ambos más larga que la de aquella vez, y pienso ahora que papá sabía de antemano lo que pronto iba a ocurrir. La microucronía, prodigiosa como era, levitaba y giraba sobre su propio eje mientras él la observaba en silencio. Todos esos continentes, todas esas pleamares y bajamares, todas esas diminutas luces eléctricas encendidas, en verdad lo deslumbraban. Eran, en última instancia, parte de aquel infierno tan deseado. Sus palabras exactas al acercarse a mi silla de ruedas fueron solamente cinco. Dos días después, un 13 de septiembre de 1987, Adora Goliath asumía la presidencia de los Estados Unidos mientras Jason y yo intercambiábamos opiniones acerca de aquella cinta titulada *Peace Sells... but Who's Buying?* No sabíamos nada aún acerca de la muerte prematura de papá.

Decir que nunca he existido, desde luego, es una declaración incongruente, un mero alegato de la fantasía, y sin embargo sé que mi vida no fue formulada del mismo modo que la de un bisonte estepario, un animal que concluyó su ciclo en la Tierra obedeciendo a los dictámenes de la naturaleza y de la última glaciación. No sabría decirles, por ello, dónde terminaba la casa de mi infancia y dónde empezaba el gobierno del Planetólogo, pues con el tiempo ambas localizaciones sufrieron una fusión irrenunciable. Al principio, si la memoria no me falla, la casa colindaba con un monte espeso. La señora Cynthia Peterson nos llevó muchas veces a Jason y a mí hasta sus límites gangrenados, buscando que aprendiéramos a valorar los parpadeos de aquel ecosistema en traslación, la vida moribunda que persistía a toda costa en sus bosques oscuros. Así fue como se terminaría gestando mi peculiar nacimiento, a modo de excepción moral y desviación biológica. El semen modificado con el que los médicos inundaron el trecho reproductivo de mi madre no pudo generar las habilidades constantes que el cerebro de mi atormentador anhelaba, aquellas nuevas y fantásticas retículas de sabiduría total. Al igual que en el caso de tía Fay, mis mayores atributos radicaban solamente en la memorización de terminología ajena, en la comprensión lectora y en cierta soltura para la expresión escrita. Lo cierto es que cuando alcancé la edad de siete años, todas las ecuaciones diferenciales que había resuelto prácticamente a ciegas, como si se tratara de un simple juego de sopa de letras, y todas las meditaciones en voz alta acerca de la energía solar, empezaron a enrarecerse en el papel y en la pizarra, a sonar desacordes. El libro de programación y la computadora para principiantes, sin embargo, me abrazaron tiempo después, cuando ya había sido apartado del templo de la suprahumanidad científica. De esa época recuerdo sobre todo un par de pinzas de presión y un frasco de sal, y una caja de hojas de cuchilla de acero que la señorita Morozova utilizaba para torturarme. En verdad, a ninguno de ellos le importaba ya corregirme ni hallar el origen de su error de cálculo. Tan solo me trataban y alimentaban como si fuese un animalejo inusual, el fenómeno de piernas y brazos llagados de la residencia.

Adora Goliath era la inmensa entidad electromecánica que solo debía devastar la Casa Blanca y hacerles pagar por sus excesos —al presidente y su gabinete, a Richard P. Feynman y al resto de miembros de la Comisión Rogers—, pero la auxiliar de enfermería Alyona Morozova entró en la habitación de los deseos del señor Tarkovski años antes y tejió en la penumbra otra ruta de la trama, desfigurando así la confabulación original para acabar con la democracia de la república de los Estados Unidos. Mientras papá, obnubilado y sugestionado por sus juegos de guerra, agitaba en el aire la guadaña del coloso y concentraba su ira en el ala oeste del edificio, uno de los ingenieros del Planetólogo dejaba de súbito su puesto de trabajo y le cortaba la vena yugular, uno de esos fanáticos de la satiriasis que la señorita Morozova había complacido en tantas ocasiones y que ahora había logrado transmutar en el capitán de su elenco de científicos apóstatas. Después de aquella primera agresión, mi padre recibió más heridas en el pecho y la cabeza, y la corriente de sangre, cuenta la leyenda insulsa de su caída, fluyó intensamente por horas sin que nadie levantara los desperdicios de su cadáver torturado. Lo cierto es que la auxiliar de enfermería que había sobrevivido con calma a una madre emancipada y a un finlandés de dientes decrépitos tomó enseguida posesión de la habitación. Las geografías, de un segundo a otro, cambiaron de apariencia, junto con aquella mujer, que parecía ahora, en mi visión postrera y reelaborada del atentado, llevar un cabello nervioso y ofídico como el de la gorgona Medusa. Los caminos se abrieron y se cerraron a continuación, haciendo de lo conocido lo desconocido. El túnel de la esperanza relumbró nuevamente, y relumbraron, a la par, los protones y los neutrones: «Aquello que se endurece en la Zona, amado niño, termina siendo poesía.»

Cada cuerpo es desemejante, cada corazón también lo es. El de Richard S. Howarth era insensible y gélido al tacto, tenía un nexo de afinidad con lo turbio, y quizá por esa razón sus latidos cabalgaban de otra forma. Lo cierto es que el monstruo mitológico en el que se convirtió la cabeza de la señorita Morozova no tuvo tiempo de endurecer la vida de la microucronía que había robado a traición. Fueron varios los explosivos plásticos que estallaron al unísono, ennegreciendo el aire con partículas de algo que ya no tenía forma. El robot Adora Goliath de pronto quedó inservible y descuartizado a lo largo de la Avenida Pensilvania, y afuera, en la otra realidad, ocurría lo mismo con el mundo que levitaba, con la plataforma y el hemiciclo, con el domo geodésico y la sala de control. Mi padre se había asegurado en sus diseños de que el dispositivo de autodestrucción del Planetólogo se activara una vez que su corazón dejase de latir. Esa fue su última lección de violencia, la pieza póstuma de aquel juego patético que empezó y terminó en la turbidez de un bosque acadiano.

Por mucho tiempo, en mis pesadillas diurnas y nocturnas, la señorita Alyona Morozova se transformó en una Adora Goliath redimida e inclemente, apisonando casas y demoliendo edificios con sus gigantescas extremidades metálicas, descargando misiles guiados y emitiendo radiaciones térmicas a través de dos compuertas gemelas en la zona antesuperior de su titánico tórax. Aquella elusiva suprahumanidad que tantas veces había sido invitada a casa se hacía al fin de sus dormitorios y corredores. Fue durante esta misma época cuando creí advertir que las antiguas tácticas de protección territorial del Planetólogo abrazaban, de pronto, un sendero de pesadilla. Sombras antinaturales y biodroides, hologramas que no lograba reconocer porque rechazaban las convenciones del pasado. Prefería entonces, cuando las galerías y los salones de la casa adquirían una morfología terriblemente dolorosa, cerrar los ojos y no percibir aquello que intentaba aniquilarme. Tratar de respirar intensamente. Tratar de no alejarme del verdadero sentido de la realidad. Recordar que Adora Goliath había sido despedazada el día que la microucronía de papá sucumbió; el día que la señorita Morozova no recibió el deseo de la habitación milagrosa del señor Tarkovski; el día que la casa se salvó de la explosión del Planetólogo porque el profesor Howarth, esperando lo peor de sus gregarios y lo mejor de mí, decidió defenderla de las ondas expansivas con un escudo protector capaz de soportar cientos de ataques y decenas de guerras. Y así fue como sobreviví en el encierro por tantos meses, debiéndole la vida a mi atormentador. La fortaleza-almacén que en el fondo era la casa apagó el incendio y reactivó la señal del cubo holográfico perimetral, al igual que sus propiedades miméticas. Nadie que no fuese parte de la confabulación de Richard S. Howarth se enteró alguna vez del mecanismo propulsor y mucho menos de la desaparición de cinco mil millones de personas miniaturizadas. No sé si todas ellas fueron honorables o virtuosas, pero durante el tiempo que viví en solitario en la mansión, un periodo que se extendió hasta los últimos meses de 1988, pensé que la mayoría trataba, ya sea con voluntad o sin ella, siquiera de sonreír.

La voz coral de Donna, Lisa, Kimberly y Tammy brotó del bosque una noche y me refirió la verdad. Algo en las entrañas de la tierra había sido transfigurado tras la explosión del Planetólogo. Eran mujeres afligidas pero guiadas por una lucha, y me empujaron a levantarme de la silla de ruedas y a caminar por primera vez. Mis piernas se movían con torpeza como en un milagro bíblico, sin embargo, poco a poco, cayendo y poniéndome de pie una vez tras otra, fui aprendiendo los pasos. Y esos pasos de desahuciado, cultivados en la oscuridad de la casa, me llevaron hasta la habitación de mi madre, la señora Cynthia Peterson, la mujer de Rhode Island, la única persona que cuidó de mí alguna vez. Escondido en la profundidad de un terrario de suculentas, un hatillo voluminoso de papeles mecanografiados —algunos de ellos salpicados de discordancias y de gotas de sangre— daba fe de mi aventura. Mamá había intentado escribir una novela acerca de un bebé de vanguardia llamado Ethan, un bebé suprahumano concebido en un laboratorio de nanotecnología y falsos absolutos.

Aquella noticia me conmovió y me hizo maldecir mi fortuna. Debía hacer algo ¿pero qué podía hacer un niño insulso y bobo en aquel baldío fantasmal? Por varios días medité si era en verdad oportuno destruir el legado de mi atormentador. La última tarde que estuvimos juntos en aquel hemiciclo, delante de fastuosas pleamares y bajamares, papá se acercó a mi silla de ruedas y susurró cinco palabras que no habían dejado de repicar en mi cabeza a partir del estallido. Lo cierto es que desde aquel instante crepuscular, en la puesta de sol de la microucronía, llevaba conmigo un diminuto procesador marcado con las siglas PSFCH, que el profesor Howarth me había confiado en secreto antes de partir, una pieza capaz de obrar y construir todas las piezas; un dilema existencial que me colocaba delante de una confluencia de ideas disímiles, enfrentándome a mis lazos de sangre y a mi propia necesidad de ser algo más que una sombra de la mansión. Al tiempo que en la chimenea ardían los papeles mecanografiados de mamá, pensé que tal vez, muy en el fondo de mis irregularidades moleculares y zoomáticas, se hallaba vendado y oculto aquel niño de fuerzas superiores, y que entender a plenitud sus raciocinios y vaivenes mentales era sin duda parte de mi historia, a pesar de todo lo acontecido a los pies del Planetólogo y de haber nacido entre un haz de luz y un escupitajo, a pesar de todas las personas que en su incansable necesidad de mitología me habían perjudicado irremediablemente: no apartarme más ni de la herencia de aquella mansión trastornada ni de aquel Hombre del Armagedón. En el mundo de los seres humanos normales, por supuesto, todo seguiría igual que siempre, nadie nos evocaría. Esta vez el auténtico mecanismo propulsor se llamaría Ethan Christopher Howarth, y podría crear un mundo propio; un mundo en el que Jason y tía Fay no fuesen solo figuras imaginarias fabricadas por el temor, una microucronía futura en la que la felicidad prosperara sobre el abatimiento y el faro que guía a los navegantes en las inmediaciones de Point Cabrillo siempre existiese. Mi respuesta final a la delicada pregunta sobre qué debía hacer fue simplemente reescribir lo que papá había iniciado con fines muy diferentes a los que me orientaban, olvidarme del fracaso de mi cerebro de vanguardia y de la tristeza de la suprahombría, hacer maquetas, en mis ratos libres, de dirigibles y submarinos.

Me queda claro, sin embargo, que la pastilla roja me hacía delirar. Y que el compuesto verde agua, de dosificación semanal debido a sus efectos secundarios, me mantenía inhábil, aletargándome y sumiéndome en una inconmovible invalidez. Soy, en todo caso, muy distinto a otras criaturas que poblaron la Tierra. El hijo de un científico orgulloso que, embelesado por su propio fulgor, quiso acabar con la democracia histórica de esta nación continental. El vástago de un inventor iridiscente que nunca supo ver más allá de la entusiasta vanidad de su ombligo. Todos los eventos que les he confiado en este desahogo —incluso aquellos que no sucedieron ni antes ni después del despedazamiento de Adora Goliath— tuvieron lugar en circunstancias en las que pude haber perdido la cordura. Mis piernas llagadas son el testimonio de mi impotencia; son, además, la demostración palmaria de los escrupulosos cuidados de la auxiliar de enfermería Alyona Morozova.

Presumo que todo lo que he vivido podría ser una falsedad, desdichadas líneas de texto en un código fuente constante, caracteres que vagabundean en los ciclos de los ciclos. Yo mismo podría ser una simulación del Planetólogo, otro fingimiento microucrónico que desconoce su auténtico destino. Pero prefiero pensar que siempre he morado en las montañas del estado de Vermont, y que tengo el dominio absoluto de todo lo que he creado después de la muerte de Richard S. Howarth, que este no es ni el perverso algoritmo de un cuerpo flotante en descomposición ni el producto de una ejecución computacional foránea, y que si cierro los ojos ahora y confío en lo venidero, mañana amanecerá.

010101010101010101010101010101010101010101010101010101010101
010101010101010101010101010101010101010101010101010101010101
010101010101010101010101010101010101010101010101010101010101
010101010101010101010101010101010101010101010101010101010101
010101010101010101010101010101010101010101010101010101010101
010101010101010101010101010101010101010101010101010101010101
010101010101010101010101010101010101010101010101010101010101
010101010101010101010101010101010101010101010101010101010101
010101010101010101010101010101010101010101010101010101010101
010101010101010101010101010101010101010101010101010101010101
010101010101010101010101010101010101010101010101010101010101
010101010101010101010101010101010101010101010101010101010100
101010101010101010101010101010101010101010101010101010101001
010101010101010101010101010101010101010101010101010101010010
101010101010101010101010101010101010101010101010101010100101
010101010101010101010101010101010101010101010101010101001010
101010101010101010101010101010101010101010101010101010010101
010101010101010101010101010101010101010101010101010100101010
101010101010101010101010101010101010101010101010101001010101
010101010101010101010101010101010101010101010101010010101010
101010101010101010101010101010101010101010101010100101010101
010101010101010101010101010101010101010101010100101010101010
101010101010101010101010101010101010101010101001010101010101
010101010101010101010101010101010101010101010010101010101010
101010101010101010101010101010101010101010100101010101010101
010101010101010101010101010101010101010100101010101010101010
101010101010101010101010101010101010101001010101010101010101
010101010101010101010101010101010101010010101010101010101010
101010101010101010101010101010101010100101010101010101010101
010101010101010101010101010101010100101010101010101010101010
101010101010101010101010101010101001010101010101010101010101
010101010101010101010101010101010010101010101010101010101010
101010101010101010101010101010100101010101010101010101010101
010101010101010101010101010100101010101010101010101010101010
101010101010101010101010101001010101010101010101010101010101
010101010101010101010101010010101010101010101010101010101010
101010101010101010101010100101010101010101010101010101010101

```
010101010101010101010101010101010101010101010101010101010101010101010101
010101010101010101010101010101010101010101010101010101010101010101010101
010101010101010101010101010101010101010101010101010101010101010101010101
010101010101010101010101010101010101010101010101010101010101010101010101
010101010101010101010101010101010101010101010101010101010101010101010101
010101010101010101010101010101010101010101010101010101010101010101010101
010101010101010101010101010101010101010101010101010101010101010101010101
010101010101010101010101010101010101010101010101010101010101010101010101
010101010101010101010101010101010101010101010101010101010101010101010101
010101010101010101010101010101010101010101010101010101010101010101010101
010101010101010101010101010101010101010101010101010101010101010101010101
010101010101010101010101010101010101010101010101010101010101010101010101
101010101010101010101010101010101010101010101010101010101010101010101010
010101010101010101010101010101010101010101010101010101010101010101010101
101010101010101010101010101010101010101010101010101010101010101010101010
010101010101010101010101010101010101010101010101010101010101010101010101
101010101010101010101010101010101010101010101010101010101010101010101010
010101010101010101010101010101010101010101010101010101010101010101010101
010101010101010101010101010101010101010101010101010101010101010101010101
010101010101010101010101010101010101010101010101010101010101010101010101
101010101010101010101010101010101010101010101010101010101010101010101010
010101010101010101010101010101010101010101010101010101010101010101010101
101010101010101010101010101010101010101010101010101010101010101010101010
010101010101010101010101010101010101010101010101010101010101010101010101
101010101010101010101010101010101010101010101010101010101010101010101010
010101010101010101010101010101010101010101010101010101010101010101010101
101010101010101010101010101010101010101010101010101010101010101010101010
010101010101010101010101010101010101010101010101010101010101010101010101
101010101010101010101010101010101010101010101010101010101010101010101010
010101010101010101010101010101010101010101010101010101010101010101010101
101010101010101010101010101010101010101010101010101010101010101010101010
010101010101010101010101010101010101010101010101010101010101010101010101
101010101010101010101010101010101010101010101010101010101010101010101010
010101010101010101010101010101010101010101010101010101010101010101010101
101010101010101010101010101010101010101010101010101010101010101010101010
010101010101010101010101010101010101010101010101010101010101010101010101
101010101010101010101010101010101010101010101010101010101010101010101010
```

0101010101010101010101010101010101010101010101010101010101010101010101
0101010101010101010101010101010101010101010101010101010101010101010101
0101010101010101010101010101010101010101010101010101010101010101010101
0101010101010101010101010101010101010101010101010101010101010101010101
0101010101010101010101010101010101010101010101010101010101010101010101
0101010101010101010101010101010101010101010101010101010101010101010101
0101010101010101010101010101010101010101010101010101010101010101010101
0101010101010101010101010101010101010101010101010101010101010101010101
0101010101010101010101010101010101010101010101010101010101010101010101
0101010101010101010101010101010101010101010101010101010101010101010101
0101010101010101010101010101010101010101010101010101010101010101010101
0101010101010101010101010101010101010101010101010101010101010101010101010
1010101010101010101010101010101010101010101010101010101010101010101010101
0101010101010101010101010101010101010101010101010101010101010101010101010
1010101010101010101010101010101010101010101010101010101010101010101010101
0101010101010101010101010101010101010101010101010101010101010101010101010
1010101010101010101010101010101010101010101010101010101010101010101010101
0101010101010101010101010101010101010101010101010101010101010101010101010
0101010101010101010101010101010101010101010101010101010101010101010101010
0101010101010101010101010101010101010101010101010101010101010101010101010
1010101010101010101010101010101010101010101010101010101010101010101010101
0101010101010101010101010101010101010101010101010101010101010101010101010
1010101010101010101010101010101010101010101010101010101010101010101010101
0101010101010101010101010101010101010101010101010101010101010101010101010
1010101010101010101010101010101010101010101010101010101010101010101010101
0101010101010101010101010101010101010101010101010101010101010101010101010
1010101010101010101010101010101010101010101010101010101010101010101010101
0101010101010101010101010101010101010101010101010101010101010101010101010
1010101010101010101010101010101010101010101010101010101010101010101010101
0101010101010101010101010101010101010101010101010101010101010101010101010
1010101010101010101010101010101010101010101010101010101010101010101010101
0101010101010101010101010101010101010101010101010101010101010101010101010
1010101010101010101010101010101010101010101010101010101010101010101010101
0101010101010101010101010101010101010101010101010101010101010101010101010
1010101010101010101010101010101010101010101010101010101010101010101010101
0101010101010101010101010101010101010101010101010101010101010101010101010
1010101010101010101010101010101010101010101010101010101010101010101010101
0101010101010101010101010101010101010101010101010101010101010101010101010
1010101010101010101010101010101010101010101010101010101010101010101010101

Iron Maiden / «Can I Play with Madness?»

Slayer / «Silent Scream»

Dio / «The Last in Line»

W.A.S.P. / «Tormentor»

Megadeth / «Peace Sells»

Mercyful Fate / «Black Funeral»

Suicidal Tendencies / «How Will I Laugh Tomorrow?»

Metallica / «Master of Puppets»

```
010101010101010101010101010101010101010101010101010101010101
010101010101010101010101010101010101010101010101010101010101
010101010101010101010101010101010101010101010101010101010101
010101010101010101010101010101010101010101010101010101010101
010101010101010101010101010101010101010101010101010101010101
010101010101010101010101010101010101010101010101010101010101
010101010101010101010101010101010101010101010101010101010101
010101010101010101010101010101010101010101010101010101010101
010101010101010101010101010101010101010101010101010101010101
010101010101010101010101010101010101010101010101010101010101
010101010101010101010101010101010101010101010101010101010101
010101010101010101010101010101010101010101010101010101010100
101010101010101010101010101010101010101010101010101010101011
010101010101010101010101010101010101010101010101010101010100
101010101010101010101010101010101010101010101010101010101011
010101010101010101010101010101010101010101010101010101010100
101010101010101010101010101010101010101010101010101010101011
010101010101010101010101010101010101010101010101010101010101
010101010101010101010101010101010101010101010101010101010101
010101010101010101010101010101010101010101010101010101010100
101010101010101010101010101010101010101010101010101010101011
010101010101010101010101010101010101010101010101010101010100
101010101010101010101010101010101010101010101010101010101011
010101010101010101010101010101010101010101010101010101010100
101010101010101010101010101010101010101010101010101010101011
010101010101010101010101010101010101010101010101010101010100
101010101010101010101010101010101010101010101010101010101011
010101010101010101010101010101010101010101010101010101010100
101010101010101010101010101010101010101010101010101010101011
010101010101010101010101010101010101010101010101010101010100
101010101010101010101010101010101010101010101010101010101011
010101010101010101010101010101010101010101010101010101010100
101010101010101010101010101010101010101010101010101010101011
010101010101010101010101010101010101010101010101010101010100
101010101010101010101010101010101010101010101010101010101011
010101010101010101010101010101010101010101010101010101010100
101010101010101010101010101010101010101010101010101010101011
010101010101010101010101010101010101010101010101010101010100
101010101010101010101010101010101010101010101010101010101011
010101010101010101010101010101010101010101010101010101010100
101010101010101010101010101010101010101010101010101010101011
```

```
0101010101010101010101010101010101010101010101010101010101010101010101
0101010101010101010101010101010101010101010101010101010101010101010101
0101010101010101010101010101010101010101010101010101010101010101010101
0101010101010101010101010101010101010101010101010101010101010101010101
0101010101010101010101010101010101010101010101010101010101010101010101
0101010101010101010101010101010101010101010101010101010101010101010101
0101010101010101010101010101010101010101010101010101010101010101010101
0101010101010101010101010101010101010101010101010101010101010101010101
0101010101010101010101010101010101010101010101010101010101010101010101
0101010101010101010101010101010101010101010101010101010101010101010101
0101010101010101010101010101010101010101010101010101010101010101010101
0101010101010101010101010101010101010101010101010101010101010101010101010
1010101010101010101010101010101010101010101010101010101010101010101010101
0101010101010101010101010101010101010101010101010101010101010101010101010
1010101010101010101010101010101010101010101010101010101010101010101010101
0101010101010101010101010101010101010101010101010101010101010101010101010
1010101010101010101010101010101010101010101010101010101010101010101010101
0101010101010101010101010101010101010101010101010101010101010101010101
0101010101010101010101010101010101010101010101010101010101010101010101
0101010101010101010101010101010101010101010101010101010101010101010101010
1010101010101010101010101010101010101010101010101010101010101010101010101
0101010101010101010101010101010101010101010101010101010101010101010101010
1010101010101010101010101010101010101010101010101010101010101010101010101
0101010101010101010101010101010101010101010101010101010101010101010101010
1010101010101010101010101010101010101010101010101010101010101010101010101
0101010101010101010101010101010101010101010101010101010101010101010101010
1010101010101010101010101010101010101010101010101010101010101010101010101
0101010101010101010101010101010101010101010101010101010101010101010101010
1010101010101010101010101010101010101010101010101010101010101010101010101
0101010101010101010101010101010101010101010101010101010101010101010101010
1010101010101010101010101010101010101010101010101010101010101010101010101
0101010101010101010101010101010101010101010101010101010101010101010101010
1010101010101010101010101010101010101010101010101010101010101010101010101
0101010101010101010101010101010101010101010101010101010101010101010101010
1010101010101010101010101010101010101010101010101010101010101010101010101
0101010101010101010101010101010101010101010101010101010101010101010101010
1010101010101010101010101010101010101010101010101010101010101010101010101
```

Death Angel / «Confused»

Kiss / «Killer»

Anthrax / «Medusa»

Exodus / «A Lesson in Violence»

Ozzy Osbourne / «Diary of a Madman»

Twisted Sister / «I Am (I'm Me)»

Helloween / «Future World»

Sanctuary / «Ascension to Destiny»

01010101010101010101010101010101010101010101010101010101010101010101010101
01010101010101010101010101010101010101010101010101010101010101010101010101
01010101010101010101010101010101010101010101010101010101010101010101010101
01010101010101010101010101010101010101010101010101010101010101010101010101
01010101010101010101010101010101010101010101010101010101010101010101010101
01010101010101010101010101010101010101010101010101010101010101010101010101
01010101010101010101010101010101010101010101010101010101010101010101010101
01010101010101010101010101010101010101010101010101010101010101010101010101
01010101010101010101010101010101010101010101010101010101010101010101010101
01010101010101010101010101010101010101010101010101010101010101010101010101
01010101010101010101010101010101010101010101010101010101010101010101010101
010101010101010101010101010101010101010101010101010101010101010101010101010
101010101010101010101010101010101010101010101010101010101010101010101010101
010101010101010101010101010101010101010101010101010101010101010101010101010
101010101010101010101010101010101010101010101010101010101010101010101010101
010101010101010101010101010101010101010101010101010101010101010101010101010
101010101010101010101010101010101010101010101010101010101010101010101010101
01010101010101010101010101010101010101010101010101010101010101010101010101
01010101010101010101010101010101010101010101010101010101010101010101010101
010101010101010101010101010101010101010101010101010101010101010101010101010
101010101010101010101010101010101010101010101010101010101010101010101010101
010101010101010101010101010101010101010101010101010101010101010101010101010
101010101010101010101010101010101010101010101010101010101010101010101010101
010101010101010101010101010101010101010101010101010101010101010101010101010
101010101010101010101010101010101010101010101010101010101010101010101010101
010101010101010101010101010101010101010101010101010101010101010101010101010
101010101010101010101010101010101010101010101010101010101010101010101010101
010101010101010101010101010101010101010101010101010101010101010101010101010
101010101010101010101010101010101010101010101010101010101010101010101010101
010101010101010101010101010101010101010101010101010101010101010101010101010
101010101010101010101010101010101010101010101010101010101010101010101010101
010101010101010101010101010101010101010101010101010101010101010101010101010
101010101010101010101010101010101010101010101010101010101010101010101010101
010101010101010101010101010101010101010101010101010101010101010101010101010
101010101010101010101010101010101010101010101010101010101010101010101010101
010101010101010101010101010101010101010101010101010101010101010101010101010
101010101010101010101010101010101010101010101010101010101010101010101010101
010101010101010101010101010101010101010101010101010101010101010101010101010
101010101010101010101010101010101010101010101010101010101010101010101010101
010101010101010101010101010101010101010101010101010101010101010101010101010
101010101010101010101010101010101010101010101010101010101010101010101010101

```
0101010101010101010101010101010101010101010101010101010101010101010101
0101010101010101010101010101010101010101010101010101010101010101010101
0101010101010101010101010101010101010101010101010101010101010101010101
0101010101010101010101010101010101010101010101010101010101010101010101
0101010101010101010101010101010101010101010101010101010101010101010101
0101010101010101010101010101010101010101010101010101010101010101010101
0101010101010101010101010101010101010101010101010101010101010101010101
0101010101010101010101010101010101010101010101010101010101010101010101
0101010101010101010101010101010101010101010101010101010101010101010101
0101010101010101010101010101010101010101010101010101010101010101010101
0101010101010101010101010101010101010101010101010101010101010101010101
0101010101010101010101010101010101010101010101010101010101010101010101010
1010101010101010101010101010101010101010101010101010101010101010101010101
0101010101010101010101010101010101010101010101010101010101010101010101010
1010101010101010101010101010101010101010101010101010101010101010101010101
0101010101010101010101010101010101010101010101010101010101010101010101010
1010101010101010101010101010101010101010101010101010101010101010101010101
0101010101010101010101010101010101010101010101010101010101010101010101010101
0101010101010101010101010101010101010101010101010101010101010101010101010101
0101010101010101010101010101010101010101010101010101010101010101010101010
1010101010101010101010101010101010101010101010101010101010101010101010101
0101010101010101010101010101010101010101010101010101010101010101010101010
1010101010101010101010101010101010101010101010101010101010101010101010101
0101010101010101010101010101010101010101010101010101010101010101010101010
1010101010101010101010101010101010101010101010101010101010101010101010101
0101010101010101010101010101010101010101010101010101010101010101010101010
1010101010101010101010101010101010101010101010101010101010101010101010101
0101010101010101010101010101010101010101010101010101010101010101010101010
1010101010101010101010101010101010101010101010101010101010101010101010101
0101010101010101010101010101010101010101010101010101010101010101010101010
1010101010101010101010101010101010101010101010101010101010101010101010101
0101010101010101010101010101010101010101010101010101010101010101010101010
1010101010101010101010101010101010101010101010101010101010101010101010101
0101010101010101010101010101010101010101010101010101010101010101010101010
1010101010101010101010101010101010101010101010101010101010101010101010101
```

```
010101010101010101010101010101010101010101010101010101010101010101010101
010101010101010101010101010101010101010101010101010101010101010101010101
010101010101010101010101010101010101010101010101010101010101010101010101
010101010101010101010101010101010101010101010101010101010101010101010101
010101010101010101010101010101010101010101010101010101010101010101010101
010101010101010101010101010101010101010101010101010101010101010101010101
010101010101010101010101010101010101010101010101010101010101010101010101
010101010101010101010101010101010101010101010101010101010101010101010101
010101010101010101010101010101010101010101010101010101010101010101010101
010101010101010101010101010101010101010101010101010101010101010101010101
010101010101010101010101010101010101010101010101010101010101010101010101
010101010101010101010101010101010101010101010101010101010101010101010100
101010101010101010101010101010101010101010101010101010101010101010101011
010101010101010101010101010101010101010101010101010101010101010101010100
101010101010101010101010101010101010101010101010101010101010101010101011
010101010101010101010101010101010101010101010101010101010101010101010100
101010101010101010101010101010101010101010101010101010101010101010101011
010101010101010101010101010101010101010101010101010101010101010101010101
010101010101010101010101010101010101010101010101010101010101010101010101
010101010101010101010101010101010101010101010101010101010101010101010100
101010101010101010101010101010101010101010101010101010101010101010101011
010101010101010101010101010101010101010101010101010101010101010101010100
101010101010101010101010101010101010101010101010101010101010101010101011
010101010101010101010101010101010101010101010101010101010101010101010100
101010101010101010101010101010101010101010101010101010101010101010101011
010101010101010101010101010101010101010101010101010101010101010101010100
101010101010101010101010101010101010101010101010101010101010101010101011
010101010101010101010101010101010101010101010101010101010101010101010100
101010101010101010101010101010101010101010101010101010101010101010101011
010101010101010101010101010101010101010101010101010101010101010101010100
101010101010101010101010101010101010101010101010101010101010101010101011
010101010101010101010101010101010101010101010101010101010101010101010100
101010101010101010101010101010101010101010101010101010101010101010101011
010101010101010101010101010101010101010101010101010101010101010101010100
101010101010101010101010101010101010101010101010101010101010101010101011
010101010101010101010101010101010101010101010101010101010101010101010100
101010101010101010101010101010101010101010101010101010101010101010101011
010101010101010101010101010101010101010101010101010101010101010101010100
101010101010101010101010101010101010101010101010101010101010101010101011
010101010101010101010101010101010101010101010101010101010101010101010100
101010101010101010101010101010101010101010101010101010101010101010101011
```

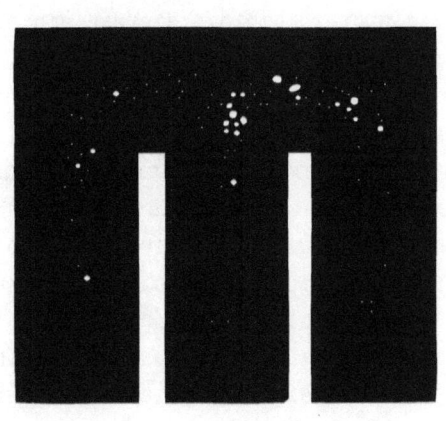

```
01010101010101010101010101010101010101010101010101010101
01010101010101010101010101010101010101010101010101010101
01010101010101010101010101010101010101010101010101010101
01010101010101010101010101010101010101010101010101010101
01010101010101010101010101010101010101010101010101010101
01010101010101010101010101010101010101010101010101010101
01010101010101010101010101010101010101010101010101010101
01010101010101010101010101010101010101010101010101010101
01010101010101010101010101010101010101010101010101010101
01010101010101010101010101010101010101010101010101010101
01010101010101010101010101010101010101010101010101010101
01010101010101010101010101010101010101010101010101010110
10101010101010101010101010101010101010101010101010101101
01010101010101010101010101010101010101010101010101011010
10101010101010101010101010101010101010101010101010101101
01010101010101010101010101010101010101010101010101011010
10101010101010101010101010101010101010101010101010101101
01010101010101010101010101010101010101010101010101010101
01010101010101010101010101010101010101010101010101010101
01010101010101010101010101010101010101010101010101011010
10101010101010101010101010101010101010101010101010101101
01010101010101010101010101010101010101010101010101011010
10101010101010101010101010101010101010101010101010101101
01010101010101010101010101010101010101010101010101011010
10101010101010101010101010101010101010101010101010101101
01010101010101010101010101010101010101010101010101011010
10101010101010101010101010101010101010101010101010101101
01010101010101010101010101010101010101010101010101011010
10101010101010101010101010101010101010101010101010101101
01010101010101010101010101010101010101010101010101011010
10101010101010101010101010101010101010101010101010101101
01010101010101010101010101010101010101010101010101011010
10101010101010101010101010101010101010101010101010101101
01010101010101010101010101010101010101010101010101011010
10101010101010101010101010101010101010101010101010101101
01010101010101010101010101010101010101010101010101011010
10101010101010101010101010101010101010101010101010101101
01010101010101010101010101010101010101010101010101011010
10101010101010101010101010101010101010101010101010101101
```

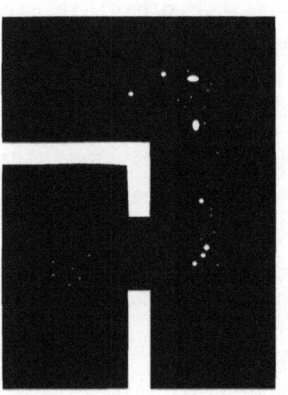

```
0101010101010101010101010101010101010101010101010101010101010101010101
0101010101010101010101010101010101010101010101010101010101010101010101
0101010101010101010101010101010101010101010101010101010101010101010101
0101010101010101010101010101010101010101010101010101010101010101010101
0101010101010101010101010101010101010101010101010101010101010101010101
0101010101010101010101010101010101010101010101010101010101010101010101
0101010101010101010101010101010101010101010101010101010101010101010101
0101010101010101010101010101010101010101010101010101010101010101010101
0101010101010101010101010101010101010101010101010101010101010101010101
0101010101010101010101010101010101010101010101010101010101010101010101
0101010101010101010101010101010101010101010101010101010101010101010101
0101010101010101010101010101010101010101010101010101010101010101010101010
1010101010101010101010101010101010101010101010101010101010101010101010101
0101010101010101010101010101010101010101010101010101010101010101010101010
1010101010101010101010101010101010101010101010101010101010101010101010101
0101010101010101010101010101010101010101010101010101010101010101010101010
1010101010101010101010101010101010101010101010101010101010101010101010101
0101010101010101010101010101010101010101010101010101010101010101010101010
0101010101010101010101010101010101010101010101010101010101010101010101010
0101010101010101010101010101010101010101010101010101010101010101010101010
1010101010101010101010101010101010101010101010101010101010101010101010101
0101010101010101010101010101010101010101010101010101010101010101010101010
1010101010101010101010101010101010101010101010101010101010101010101010101
0101010101010101010101010101010101010101010101010101010101010101010101010
1010101010101010101010101010101010101010101010101010101010101010101010101
0101010101010101010101010101010101010101010101010101010101010101010101010
1010101010101010101010101010101010101010101010101010101010101010101010101
0101010101010101010101010101010101010101010101010101010101010101010101010
1010101010101010101010101010101010101010101010101010101010101010101010101
0101010101010101010101010101010101010101010101010101010101010101010101010
1010101010101010101010101010101010101010101010101010101010101010101010101
0101010101010101010101010101010101010101010101010101010101010101010101010
1010101010101010101010101010101010101010101010101010101010101010101010101
0101010101010101010101010101010101010101010101010101010101010101010101010
1010101010101010101010101010101010101010101010101010101010101010101010101
0101010101010101010101010101010101010101010101010101010101010101010101010
1010101010101010101010101010101010101010101010101010101010101010101010101
0101010101010101010101010101010101010101010101010101010101010101010101010
1010101010101010101010101010101010101010101010101010101010101010101010101
0101010101010101010101010101010101010101010101010101010101010101010101010
1010101010101010101010101010101010101010101010101010101010101010101010101
```

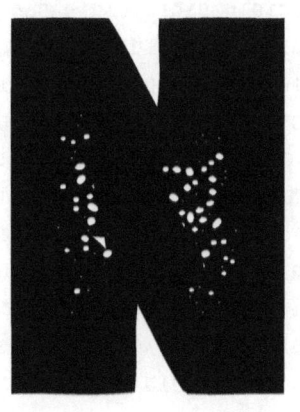

```
010101010101010101010101010101010101010101010101010101010101010101010101
010101010101010101010101010101010101010101010101010101010101010101010101
010101010101010101010101010101010101010101010101010101010101010101010101
010101010101010101010101010101010101010101010101010101010101010101010101
010101010101010101010101010101010101010101010101010101010101010101010101
010101010101010101010101010101010101010101010101010101010101010101010101
010101010101010101010101010101010101010101010101010101010101010101010101
010101010101010101010101010101010101010101010101010101010101010101010101
010101010101010101010101010101010101010101010101010101010101010101010101
010101010101010101010101010101010101010101010101010101010101010101010101
010101010101010101010101010101010101010101010101010101010101010101010101
010101010101010101010101010101010101010101010101010101010101010101010100
101010101010101010101010101010101010101010101010101010101010101010101011
010101010101010101010101010101010101010101010101010101010101010101010100
101010101010101010101010101010101010101010101010101010101010101010101011
010101010101010101010101010101010101010101010101010101010101010101010100
101010101010101010101010101010101010101010101010101010101010101010101011
010101010101010101010101010101010101010101010101010101010101010101010101
010101010101010101010101010101010101010101010101010101010101010101010101
010101010101010101010101010101010101010101010101010101010101010101010100
101010101010101010101010101010101010101010101010101010101010101010101011
010101010101010101010101010101010101010101010101010101010101010101010100
101010101010101010101010101010101010101010101010101010101010101010101011
010101010101010101010101010101010101010101010101010101010101010101010100
101010101010101010101010101010101010101010101010101010101010101010101011
010101010101010101010101010101010101010101010101010101010101010101010100
101010101010101010101010101010101010101010101010101010101010101010101011
010101010101010101010101010101010101010101010101010101010101010101010100
101010101010101010101010101010101010101010101010101010101010101010101011
010101010101010101010101010101010101010101010101010101010101010101010100
101010101010101010101010101010101010101010101010101010101010101010101011
010101010101010101010101010101010101010101010101010101010101010101010100
101010101010101010101010101010101010101010101010101010101010101010101011
010101010101010101010101010101010101010101010101010101010101010101010100
101010101010101010101010101010101010101010101010101010101010101010101011
010101010101010101010101010101010101010101010101010101010101010101010100
101010101010101010101010101010101010101010101010101010101010101010101011
010101010101010101010101010101010101010101010101010101010101010101010100
101010101010101010101010101010101010101010101010101010101010101010101011
```

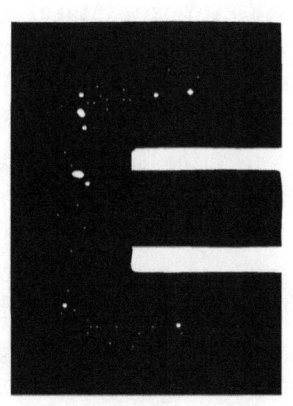

```
010101010101010101010101010101010101010101010101010101010101
010101010101010101010101010101010101010101010101010101010101
010101010101010101010101010101010101010101010101010101010101
010101010101010101010101010101010101010101010101010101010101
010101010101010101010101010101010101010101010101010101010101
010101010101010101010101010101010101010101010101010101010101
010101010101010101010101010101010101010101010101010101010101
010101010101010101010101010101010101010101010101010101010101
010101010101010101010101010101010101010101010101010101010101
010101010101010101010101010101010101010101010101010101010101
010101010101010101010101010101010101010101010101010101010101
010101010101010101010101010101010101010101010101010101010101
101010101010101010101010101010101010101010101010101010101010
010101010101010101010101010101010101010101010101010101010101
101010101010101010101010101010101010101010101010101010101010
010101010101010101010101010101010101010101010101010101010101
101010101010101010101010101010101010101010101010101010101010
010101010101010101010101010101010101010101010101010101010101
010101010101010101010101010101010101010101010101010101010101
010101010101010101010101010101010101010101010101010101010101
101010101010101010101010101010101010101010101010101010101010
010101010101010101010101010101010101010101010101010101010101
101010101010101010101010101010101010101010101010101010101010
010101010101010101010101010101010101010101010101010101010101
101010101010101010101010101010101010101010101010101010101010
010101010101010101010101010101010101010101010101010101010101
101010101010101010101010101010101010101010101010101010101010
010101010101010101010101010101010101010101010101010101010101
101010101010101010101010101010101010101010101010101010101010
010101010101010101010101010101010101010101010101010101010101
101010101010101010101010101010101010101010101010101010101010
010101010101010101010101010101010101010101010101010101010101
101010101010101010101010101010101010101010101010101010101010
010101010101010101010101010101010101010101010101010101010101
101010101010101010101010101010101010101010101010101010101010
010101010101010101010101010101010101010101010101010101010101
101010101010101010101010101010101010101010101010101010101010
010101010101010101010101010101010101010101010101010101010101
010101010101010101010101010101010101010101010101010101010101
101010101010101010101010101010101010101010101010101010101010
```

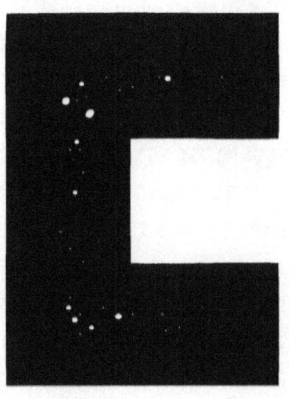

```
0101010101010101010101010101010101010101010101010101010101010101
0101010101010101010101010101010101010101010101010101010101010101
0101010101010101010101010101010101010101010101010101010101010101
0101010101010101010101010101010101010101010101010101010101010101
0101010101010101010101010101010101010101010101010101010101010101
0101010101010101010101010101010101010101010101010101010101010101
0101010101010101010101010101010101010101010101010101010101010101
0101010101010101010101010101010101010101010101010101010101010101
0101010101010101010101010101010101010101010101010101010101010101
0101010101010101010101010101010101010101010101010101010101010101
0101010101010101010101010101010101010101010101010101010101010101
0101010101010101010101010101010101010101010101010101010101010101010
1010101010101010101010101010101010101010101010101010101010101010101
0101010101010101010101010101010101010101010101010101010101010101010
1010101010101010101010101010101010101010101010101010101010101010101
0101010101010101010101010101010101010101010101010101010101010101010
1010101010101010101010101010101010101010101010101010101010101010101
0101010101010101010101010101010101010101010101010101010101010101
0101010101010101010101010101010101010101010101010101010101010101
0101010101010101010101010101010101010101010101010101010101010101010
1010101010101010101010101010101010101010101010101010101010101010101
0101010101010101010101010101010101010101010101010101010101010101010
1010101010101010101010101010101010101010101010101010101010101010101
0101010101010101010101010101010101010101010101010101010101010101010
1010101010101010101010101010101010101010101010101010101010101010101
0101010101010101010101010101010101010101010101010101010101010101010
1010101010101010101010101010101010101010101010101010101010101010101
0101010101010101010101010101010101010101010101010101010101010101010
1010101010101010101010101010101010101010101010101010101010101010101
0101010101010101010101010101010101010101010101010101010101010101010
1010101010101010101010101010101010101010101010101010101010101010101
0101010101010101010101010101010101010101010101010101010101010101010
1010101010101010101010101010101010101010101010101010101010101010101
0101010101010101010101010101010101010101010101010101010101010101010
1010101010101010101010101010101010101010101010101010101010101010101
```

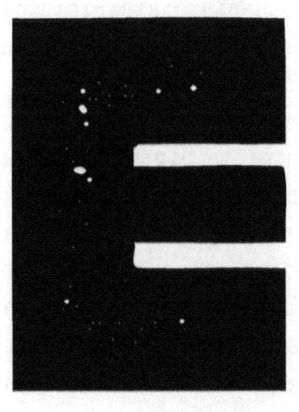

```
0101010101010101010101010101010101010101010101010101010101010101010101
0101010101010101010101010101010101010101010101010101010101010101010101
0101010101010101010101010101010101010101010101010101010101010101010101
0101010101010101010101010101010101010101010101010101010101010101010101
0101010101010101010101010101010101010101010101010101010101010101010101
0101010101010101010101010101010101010101010101010101010101010101010101
0101010101010101010101010101010101010101010101010101010101010101010101
0101010101010101010101010101010101010101010101010101010101010101010101
0101010101010101010101010101010101010101010101010101010101010101010101
0101010101010101010101010101010101010101010101010101010101010101010101
0101010101010101010101010101010101010101010101010101010101010101010101
0101010101010101010101010101010101010101010101010101010101010101010101010
1010101010101010101010101010101010101010101010101010101010101010101010101
0101010101010101010101010101010101010101010101010101010101010101010101010
1010101010101010101010101010101010101010101010101010101010101010101010101
0101010101010101010101010101010101010101010101010101010101010101010101010
1010101010101010101010101010101010101010101010101010101010101010101010101
0101010101010101010101010101010101010101010101010101010101010101010101010
0101010101010101010101010101010101010101010101010101010101010101010101010
0101010101010101010101010101010101010101010101010101010101010101010101010
1010101010101010101010101010101010101010101010101010101010101010101010101
0101010101010101010101010101010101010101010101010101010101010101010101010
1010101010101010101010101010101010101010101010101010101010101010101010101
0101010101010101010101010101010101010101010101010101010101010101010101010
1010101010101010101010101010101010101010101010101010101010101010101010101
0101010101010101010101010101010101010101010101010101010101010101010101010
1010101010101010101010101010101010101010101010101010101010101010101010101
0101010101010101010101010101010101010101010101010101010101010101010101010
1010101010101010101010101010101010101010101010101010101010101010101010101
0101010101010101010101010101010101010101010101010101010101010101010101010
1010101010101010101010101010101010101010101010101010101010101010101010101
0101010101010101010101010101010101010101010101010101010101010101010101010
1010101010101010101010101010101010101010101010101010101010101010101010101
0101010101010101010101010101010101010101010101010101010101010101010101010
1010101010101010101010101010101010101010101010101010101010101010101010101
0101010101010101010101010101010101010101010101010101010101010101010101010
1010101010101010101010101010101010101010101010101010101010101010101010101
```

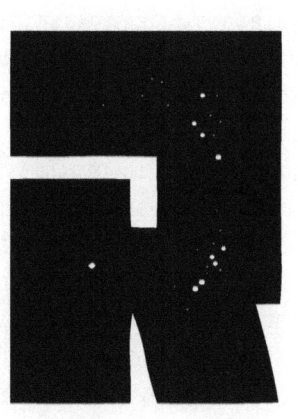

```
0101010101010101010101010101010101010101010101010101010101010101
0101010101010101010101010101010101010101010101010101010101010101
0101010101010101010101010101010101010101010101010101010101010101
0101010101010101010101010101010101010101010101010101010101010101
0101010101010101010101010101010101010101010101010101010101010101
0101010101010101010101010101010101010101010101010101010101010101
0101010101010101010101010101010101010101010101010101010101010101
0101010101010101010101010101010101010101010101010101010101010101
0101010101010101010101010101010101010101010101010101010101010101
0101010101010101010101010101010101010101010101010101010101010101
0101010101010101010101010101010101010101010101010101010101010101
0101010101010101010101010101010101010101010101010101010101010101010
1010101010101010101010101010101010101010101010101010101010101010101
0101010101010101010101010101010101010101010101010101010101010101010
1010101010101010101010101010101010101010101010101010101010101010101
0101010101010101010101010101010101010101010101010101010101010101010
1010101010101010101010101010101010101010101010101010101010101010101
0101010101010101010101010101010101010101010101010101010101010101
0101010101010101010101010101010101010101010101010101010101010101
0101010101010101010101010101010101010101010101010101010101010101010
1010101010101010101010101010101010101010101010101010101010101010101
0101010101010101010101010101010101010101010101010101010101010101010
1010101010101010101010101010101010101010101010101010101010101010101
0101010101010101010101010101010101010101010101010101010101010101010
1010101010101010101010101010101010101010101010101010101010101010101
0101010101010101010101010101010101010101010101010101010101010101010
1010101010101010101010101010101010101010101010101010101010101010101
0101010101010101010101010101010101010101010101010101010101010101010
1010101010101010101010101010101010101010101010101010101010101010101
0101010101010101010101010101010101010101010101010101010101010101010
1010101010101010101010101010101010101010101010101010101010101010101
0101010101010101010101010101010101010101010101010101010101010101010
1010101010101010101010101010101010101010101010101010101010101010101
0101010101010101010101010101010101010101010101010101010101010101010
1010101010101010101010101010101010101010101010101010101010101010101
```

```
0101010101010101010101010101010101010101010101010101010101010101
0101010101010101010101010101010101010101010101010101010101010101
0101010101010101010101010101010101010101010101010101010101010101
0101010101010101010101010101010101010101010101010101010101010101
0101010101010101010101010101010101010101010101010101010101010101
0101010101010101010101010101010101010101010101010101010101010101
0101010101010101010101010101010101010101010101010101010101010101
0101010101010101010101010101010101010101010101010101010101010101
0101010101010101010101010101010101010101010101010101010101010101
0101010101010101010101010101010101010101010101010101010101010101
0101010101010101010101010101010101010101010101010101010101010101
0101010101010101010101010101010101010101010101010101010101010101010
1010101010101010101010101010101010101010101010101010101010101010101
0101010101010101010101010101010101010101010101010101010101010101010
1010101010101010101010101010101010101010101010101010101010101010101
0101010101010101010101010101010101010101010101010101010101010101010
1010101010101010101010101010101010101010101010101010101010101010101
0101010101010101010101010101010101010101010101010101010101010101
0101010101010101010101010101010101010101010101010101010101010101
0101010101010101010101010101010101010101010101010101010101010101010
1010101010101010101010101010101010101010101010101010101010101010101
0101010101010101010101010101010101010101010101010101010101010101010
1010101010101010101010101010101010101010101010101010101010101010101
0101010101010101010101010101010101010101010101010101010101010101010
1010101010101010101010101010101010101010101010101010101010101010101
0101010101010101010101010101010101010101010101010101010101010101010
1010101010101010101010101010101010101010101010101010101010101010101
0101010101010101010101010101010101010101010101010101010101010101010
1010101010101010101010101010101010101010101010101010101010101010101
0101010101010101010101010101010101010101010101010101010101010101010
1010101010101010101010101010101010101010101010101010101010101010101
0101010101010101010101010101010101010101010101010101010101010101010
1010101010101010101010101010101010101010101010101010101010101010101
0101010101010101010101010101010101010101010101010101010101010101010
1010101010101010101010101010101010101010101010101010101010101010101
```

SALVADOR LUIS RAGGIO MIRANDA

LIMA, 1978

Licenciado en dirección de cine y doctor en literatura y cultura hispánica (University of Miami). Es autor, entre otros, de los libros de cuentos *Shogun inflamable* (2015) y *Otras cavidades* (2017), y de las nouvelles *Zeppelin* (2009), *Prontuario de los pies y de los zapatos* (2012), *Piezas* (2018) y *Díptico de la oruga* (2020). Como editor ha preparado diversas antologías de cuento iberoamericano para editoriales de América Latina y España, entre ellas *Asamblea portátil* (2009), *Kafkaville* (2015) o *Lo sintético* (2019), así como la colección de ensayos académicos *Salón de anomalías. Diez lecturas críticas acerca de la obra de Mario Bellatin* (2013). Actualmente se desempeña como profesor de cine y literatura y dirige la revista cosmicacalavera.com.

www.salvadorluis.net

@UnRaggioLaser

ELEKTRIK GENERATION
2021